卢桢 ◎ 主编

山西出版传媒集团　北岳文艺出版社
BEIYUE LITERATURE & ART PUBLISHING HOUSE

·太原·

图书在版编目（CIP）数据

延安诗钞 / 卢桢主编. — 太原：北岳文艺出版社，
2019.10

ISBN 978-7-5378-6007-9

Ⅰ.①延… Ⅱ.①卢… Ⅲ.①诗集－中国－现代
Ⅳ.①I226

中国版本图书馆 CIP 数据核字（2019）第 200652 号

延安诗钞

卢桢◎主编

选题策划

续小强

封面题字

刘增民

责任编辑

刘卫红

李向丽

装帧设计

张永文

印装监制

巩璠

出版发行：山西出版传媒集团·北岳文艺出版社

地址：山西省太原市并州南路 57 号　邮编：030012

电话：0351-5628696（发行部）　0351-5628688（总编室）

传真：0351-5628680

网址：http://www.bywy.com　E-mail：bywycbs@163.com

经销商：新华书店

印刷装订：山西人民印刷有限责任公司

开本：787mm×1092mm　1/32

字数：254 千字

印张：9.625

版次：2019 年 10 月第 1 版

印次：2019 年 10 月山西第 1 次印刷

书号：ISBN 978-7-5378-6007-9

定价：59.80 元

编者说明

在现代中国新诗的发展进程中，延安诗歌扮演了极其重要的角色，对后世诗学产生了持续性的广泛影响。延安时期的优秀诗歌作品是当时人们生活、学习、工作、劳动以及战斗的生动反映，它在团结人民增强战斗信心方面，在丰富根据地和人民群众的精神文化生活方面，都发挥了巨大的作用。战争背景和民族救亡的时代主题，使延安诗歌浸染了浓郁的奋争精神，当生与死、荣与辱、铁与血的抉择摆在诗人面前时，他们没有别的选择，唯有以笔为戈，把诗歌作为战斗的武器，凭借"为时代而歌"的家国意识和忧患情怀，奋力将战斗的号角吹得烈烈作响，这使得他们的诗歌形成了一种自觉而鲜明的战斗品格。这种品格体现在诗的内容上，就是与现实的水乳交融，把"血的战争"与"新的现实"熔铸诗中。

作为一个开放性的诗歌群体，延安诗人秉承毛泽东同志《在延安文艺座谈会上的讲话》之精神，以抗战的、民族的、大众的斗争生活为根，表现人民的喜乐和愤怒，反映人民所关心的现实。在集体主义美学的时代文学精神烛照下，抒情者们形成基本一致的写作旨向，在现实主义美学观念上互相渗透，把战斗性、群众化、刚健美合为一体，并涌现出一批代表性诗人，如艾青、田间、柯仲平、公木、严辰、何其芳、方冰、李季等。他们或以街头诗、朗诵诗等大众化形式歌唱，或是借助史诗风格的长诗和叙事诗等文体，把中国共产党领导的民族革命战争和人民解放战争的诗魂化为诗歌的内在节奏，从而在解放区形成一道充满战斗力的、生机勃勃的诗歌阵线。

可以说，解放区的诗歌运动起步于延安，并以延安诗歌为中心，逐渐辐射到全中国，其偏重于唯物主义色彩的世界观、历史观、实践观的现实主义诗歌精神，有力推进并完善了中国的现实主义诗学，是我国文学宝库中极为珍贵的精神财富。对这些文本进行重新阅读和学习，可以帮助今人了解中国共产党在这一历史阶段的文艺路线、方针、政策，体会时人的精神世界和文化情境。同时，延安诗歌在艺术上普遍体现出今天我们提倡的以人民为中心的价值导向，重温这些代表性的文本，可以为当前的文化建设和理论建设提供丰厚的精神资源。延安诗歌中高扬的爱国主义精神和理想主义信念，也可为生存在消费语境中的国人提供坚定的精神路标，帮助广大读者重温伟大的革命传统和革命诗人的时代情怀，并进一步继承和发扬革命传统，繁荣我国的社会主义文艺事业，这也是我们编选本书的初衷。

以精选、严选、拔萃与代表性相统一为基础，我们希望能为学界提供一部比较系统、完整的延安诗学文本资料，以便于从事相关领域研究的学者和高校文科专业广大学生阅读使用。在编选过程中，我们尽力做到选编的作品具有较高的思想性与艺术性，能体现民族性和大众化相结合的延安文艺精神。以《讲话》为界，延安诗歌可分为前后两期，前期为形成期，主要是以街头诗和朗诵诗为主的诗歌运动，后期主要是实践毛泽东文艺思想的民歌体叙事诗和民众诗歌为主的诗歌运动。选篇兼顾前后期的代表诗体以及在当时影响较大的代表文本，对这一时期的重要诗人作品如艾青、柯仲平、萧三、田间、公木等做重点呈现，并将一些作为歌词的朗诵诗文本纳入考量范畴。此外，由于不同时代的语言规范存在差异，针对原文本中一些不符合今天语言书写规范或使用规则的文字，我们统一按今天的标准做出规范化处理，在此也向读者朋友们说明。

目　录

哨

阿垅

一月的夜的延安：

前线带回来的一身困倦，

从这深深的夜逾越过去

又是新红太阳的战斗的明天，

战士们需要香甜的休眠。

嘉岭山上的塔对着踱踱在广场上的伙伴

他在他的哨位上！

深沉的夜的十二点到一点，

天上

orion 横着灿烂的剑，

北极星永恒的光

从太古以前

直到春风的将来

照着人间。

1939 年 2 月 4 日

录自《无弦琴》希望出版社 1947 年版

时　代

艾青

我站立在低矮的屋檐下

出神地望着蛮野的山冈

和高远空阔的天空，

很久很久心里像感受了什么奇迹，

我看见一个闪光的东西

它像太阳一样鼓舞我的心，

在天边带着沉重的轰响，

带着暴风雨似的狂啸，

隆隆滚辗而来……

我向它神往而又欢呼！

当我听见从阴云压着的雪山的那面

传来了不平的道路上巨轮颠簸的轧响

我的心追赶着它，激烈地跳动着

像那些奔赴婚礼的新郎

——纵然我知道由它所带给我的

并不是节日的狂欢

和什么杂耍场上的哄笑，

却是比一千个屠场更残酷的景象，

而我却依然奔向它，

带着一个生命所能发挥的热情。

我不是弱者——我不会沾沾自喜，
我不是自己能安慰或欺骗自己的人
我不满足那世界曾经给过我的
——无论是荣誉，无论是耻辱
也无论是阴沉的注视和黑夜似的仇恨
以及人们的目光因它而闪耀的幸福
我在你们不知道的地方感到空虚
我要求更多些，更多些呵
给我生活的世界
我永远伸张着两臂
我要求攀登高山
我要求横跨大海
我要迎接更高的赞扬、更大的毁谤
更不可解的怨恨，和更致命的打击——
都为了我想从时间的深沟里升腾起来……

没有一个人的痛苦会比我更甚的——
我忠实于时代，献身于时代，而我却沉默着
不甘心地，像一个被俘虏的囚徒
在押送到刑场之前沉默着
我沉默着，为了没有足够响亮的语言
像初夏的雷霆滚过阴云密布的天空
抒发我的激情于我的狂暴的呼喊
奉献给那使我如此兴奋、如此惊喜的东西

我爱它胜过我曾经爱过的一切

为了它的到来，我愿意交付出我的生命

交付给它从我的肉体直到我的灵魂

我在它的前面显得如此卑微

甚至想仰卧在地面上

让它的脚像马蹄一样踩过我的胸膛

1941 年 12 月 16 日

原载 1942 年 5 月 31 日延安《解放日报》

献给乡村的诗

艾青

我的诗献给中国的一个小小的乡村——
它被一条山冈所伸出的手臂环护着。
山冈上是年老的常常呻吟的松树,
红叶子像鸭掌般挣开着枫树,
高大的结着戴帽子的果实的榉子树,
和老槐树,主干被雷霆劈断的老槐树,
这些年老的树在山冈上集成树林,
荫蔽着一个古老的乡村和它的居民。

我想起乡村边上澄清的池沼——
它的周围密密地环抱着浓绿的杨柳,
水面浮着菱叶、水葫芦叶、睡莲的白花。
它是天的忠心的伴侣、映着天的欢笑和愁苦;
它是云的梳妆台,太阳、月亮、飞鸟的镜子;
它是众星的沐浴处,水禽的游泳池;
而老实又庞大的水牛从水里伸出了头,
看着村妇蹲在石板上洗着蔬菜和衣服。

我想起乡村里幽静的果树园——
园里结满桃子、杏子、李子、石榴和林檎,
外面围着石砌的围墙,或竹编的篱笆,

墙上或篱笆上爬满了葛萝和纺车花：
那里是喜鹊的家，麻雀的游戏场，
蜜蜂的酿造室，蚂蚁的堆货栈，
蟋蟀的练音房，纺织娘的弹奏处，
而残忍的蜘蛛偷偷地织着网捕捉蝴蝶。

我想起了乡村路边的石井——
青石砌成的六角形的石井是乡村的储水库，
吸水的年月久了，它的边沿已刻着绳迹，
暗绿而濡湿的青苔也已长满它的周围，
我想起乡村田野上的道路——
用卵石或石板铺的曲折窄小的道路，
它们从乡村通到溪流、山冈和树林。
通到森林后面和山那面的另一个乡村。

我想起乡村附近的小溪——
它无日无夜地从远方行来了流水，
给乡村灌溉田地、果树园、池沼和井，
供给乡村上的居民们以足够的饮料。
我想起乡村附近小溪上的木桥——
它因劳苦消瘦得只剩了一副骨骼，
长年地赤露着瘦长的腿站在水里，
让村民们从它驮着的背脊骨上走过。

我想起乡村中间平坦的广场——

它是村童们的竞技场、角力和摔跤的地方，
大人们在那里打麦、掼豆、飏壳、筛米……
长长的横竹竿上飘着未干的衣服和裤子；
宽广的地席上铺满着大麦、黄豆和荞麦，
夏天晚上人们在那里谈天、乘凉，甚至争吵，
冬天早晨在那里解开衣服找虱子、晒太阳；
假如一头牛从山崖跌下，它就成了屠场。

我想起乡村里简陋的房屋——
它们紧紧地挨挤着，好像冬天害怕寒冷的人们，
它们被柴烟熏成乌黑，到处挂满了尘埃！
里面充溢着女人的叱骂和小孩的啼哭；
屋檐下悬挂着向日葵和萝卜的种子，
和成串的焦红的辣椒、枯黄的干菜；
小小的窗子凝望着村外的道路，
看看山峦以及远处山脚下的村落。

我想起乡村里最老的老人——
他的头发灰白，他的牙齿掉了、耳朵聋了，
手像紫荆藤一样紧紧地握着拐杖，
从市集回来的村农高声地和他谈着市情；
我想起乡村里最老的女人——
自从一次出嫁到这乡村，她就没有离开过，
她没有看见过帆船，更不必谈说火车、轮船，
她的子孙都死光了，她却很骄傲地活着。

我想起乡村里重压下的农夫——
他们的脸像松树一样发皱而阴郁，
他们的背被过重的挑担压成弓形，
他们的眼睛被失望与怨愤磨成混沌；
我想起这些农夫的忠厚的妻子——
他们贫血的脸像土地一样灰黄，
他们整天忙着磨谷、舂米、烧饭、喂猪，
一边纳鞋底一边把奶头塞进婴孩啼哭的嘴。

我想起乡村里的牧童们，
想起用污手擦清眼睛的童养媳们，
想起没有土地没有耕牛的佃户们，
想起除身体和衣服之外什么也没有的雇农们，
想起建造房屋的木匠们、石匠们、泥水匠们，
想起屠夫们、铁匠们、裁缝们——
想起所有这些被穷困所折磨的人们——
他们终年劳苦，从未得到应有的报酬。

我的诗献给乡村里一切不幸的人——
无论到什么地方我都能记起他们，
记起那些被山岭把他们和世界隔开的人，
他们的性格像野猪一样，沉默而凶猛，
他们长久地被蒙蔽、欺骗与愚弄，
每个脸上都隐蔽着不曾爆发的愤恨，

他们衣襟遮掩着的怀里歪插着尖长快利的刀子，
那藏在套里的刀锋，期待着复仇的来临。

我的诗献给生长我的小小的乡村——
卑微的、没有人注意的小小的乡村，
它像中国大地上的千百万的乡村。
它存在于我的心里，像母亲存在儿子心里。
纵然明丽的风光和污秽的生活形成了对照，
而自然的恩惠也不会弥补了居民的贫穷，
这是不合理的，它应该有它和自然一致的和谐。
为了反抗欺骗与压榨，它将从沉睡中起来。

1942 年 9 月 7 日

原载 1942 年 12 月 11 日延安《解放日报》

黎明的通知

艾青

为了我的祈愿
诗人啊，你起来吧

而且请你告诉他们
说他们所等待的已经要来

说我已踏着露水而来
已借着最后一颗星的照引而来

我从东方来
从汹涌着波涛的海上来

我将带光明给世界
又将带温暖给人类

借你正直人的嘴
请带去我的消息

通知眼睛被渴望所灼痛的人类
和远方的沉浸在苦难里的城市和村庄

请他们来欢迎我——
白日的先驱，光明的使者

打开所有的窗子来欢迎
打开所有的门来欢迎

请鸣响汽笛来欢迎
请吹起号角来欢迎

请清道夫来打扫街衢
请搬运车来搬去垃圾

让劳动者以宽阔的步伐走在街上吧
让车辆以辉煌的行列从广场流过吧

请村庄也从潮湿的雾里醒来
为了欢迎我打开它们的篱笆

请村妇打开她们的鸡坍
请农夫从畜棚牵出耕牛

借你的热情的嘴通知他们
说我从山的那边来，从森林的那边来

请他们打扫干净那些晒场

和那些永远污秽的天井

请打开那糊有花纸的窗子
请打开那贴着春联的门

请叫醒殷勤的女人
和那打着鼾声的男子

请年轻的情人也起来
和那些贪睡的少女

请叫醒困倦的母亲
和她身边的婴孩

请叫醒每个人
连那些病者与产妇

连那些衰老的人们
呻吟在床上的人们

连那些因正义而战争的负伤者
和那些因家乡沦亡而流离的难民

请叫醒一切的不幸者
我会一并给他们以慰安

请叫醒一切爱生活的人
工人、技师以及画家

请歌唱者唱着歌来欢迎
用草与露水所掺和的声音

请舞蹈者跳着舞来欢迎
披上她们白雾的晨衣

请叫那些健康而美丽的醒来
说我马上要来叩打她们的窗门

请你忠实于时间的诗人
带给人类以慰安的消息

请他们准备欢迎，请所有的人准备欢迎
当雄鸡最后一次鸣叫的时候我就到来

请他们用虔诚的眼睛凝视天边
我将给所有期待我的以最慈惠的光辉

趁这夜已快完了，请告诉他们
说他们所等待的就要来了

1948 年 8 月

录自《黎明的通知》，文化供应社 1948 年 8 月印行

古石器吟

艾青

我在延水之旁的沙滩上，
捡到一块蒙有灰土的
足形的残曲的石片，
它的两边依然还留着刀口的影迹，
——虽然是已经钝锉了的。

这是前古石器时代的遗物，
人类的最初发明的武器，
我爱它——如我爱左轮手枪，
它们都同样帮助我们
战胜我们无数的敌人。

我用手紧紧地握住它，
摹拟着我们的祖先，
最初用自己的机智和勇敢，
迎接那张牙舞爪的
向他们扑过去的豺狼；

我抚摸它那粗钝的刀口，
那刀口也曾锋利过，
我们的祖先曾经用它

夹带着胜利的愉悦
割切过禽兽的肌肉。

这灰暗了的古石器啊，
也曾被插在我们祖先的
用树叶所编成的腰裙上，
做我们的祖先的忠实的伴侣
一边游牧一边行猎；

这衰老了的古石器啊，
也曾躺在我们祖先所居住的
阴暗的洞穴的角落，
看过他们的欢乐和悲哀，
听过他们的凯旋的呼唱。

那时我们的祖先
成群地生活在一起，
他们的聪明和努力都属于全体，
当他们捕获了一匹野兽时，
他们也把兽肉分配给全体。

后来它伴随我们的祖先，
被埋埋在深厚的土层里，
一千年，一万年，土层上压上土层，
每一层都是一页历史，

写满了人类的痛苦与耻辱；

掠夺啊，斗争啊，杀戮啊，
部落与部落，氏族与氏族，
国家与国家，阶级与阶级，
一个朝代接替着一个朝代，
每个朝代都涂满了污血。

十万年过去，河水站陷了河岸，
被埋埋的古石器曝露在地面，
不禁愕然吃惊自己的长眠：
人类已变了样子，机械代替了肉体，
意志在晴空里翱翔……

这里原是人类的故乡，
千万年一瞬，子孙依然在这里繁衍；
经历了无数战争——终于临到了最后的一次，
接着枪声倒下的是人类最后的敌人，
这敌人阻止人类从地狱走向天堂。

让地狱遗弃在我们的后面，
这里是到天堂的驿站：
我们在这里抚摸创伤，
饥饿与疲乏的请在这里暂时休息，
——为了明天的黎明的起程。

让我们的理想生上翅膀

在明天的空际做一次盘旋，

我们毁去了枷锁，毁去了剥削，

生活在和平与幸福的殿堂里，

那殿堂的柱石是：自由，艺术，爱情，劳动。

你古石器啊，我们祖先忠实的仆臣！

我尊重你一如尊敬我们的祖先，

幸喜你在长眠后还能看见我们这日子，

我将携带你在我身边——

你征示着我们祖先创业的艰辛，战斗的光荣。

1941 年 9 月 13 日

原载 1941 年 9 月 17 日延安《解放日报》

五月的太阳

白原

一

五月来了。
吼声隐隐地震动着,
从那古老而阴暗的地层底下,
从那静寂的深夜,
从那不能忘记的记忆里震响起来。

多长的夜啊!
多少个遥远的世纪
在漫长的黑夜里匍匐着过去了,
没有一点声音,
也没有一星火。

而太阳
终于要出来啊!
那吼声
隐隐地震动着,
在"五一",劳动人民光辉的节日,
在那古老的地层崩裂的五月。

二

迟来的北国的春天，
结冰的河流刚开始流动，
在透明的草原上唱着它的恋歌；
年青的雀鸟在早晨的阳光里欢欣地嬉戏
天真地叫唤着，
在黎明的第一道阳光照映着的窗前；
大地在晨风里滴落了一滴滴露水，
像滴落一滴滴感激的眼泪；
幼嫩的零星的花朵
躲在嫩绿的小草间轻轻地摆动，
偷偷地在掩藏着纯挚的欢欣；
山上的杜鹃一声声地鸣唱，
向人间传播春日的黎明。

于是人们一个个地醒了，
打开了黎明的窗户，
和同伴们一起穿上昨天发下的新衣。
哨子在窗边亲切地叫唤着。
一个一个地走出来，
排列在同伴们中间，
于是我们开始歌唱。
静穆的院子里
没有一个过路的行人。

早晨的微风穿过嫩叶和小草，
在黎明的阳光下
带着一股温热的气息
透过我们静静地波动的心胸，
于是世界从我们的歌唱
听见了五月的太阳的歌声。

让所有的人们都看见这五月的太阳，
让那压在夜雾里还没有醒来的
那遥远的世界也听见这太阳的歌声吧，
让它也醒来吧，
……醒来吧！

三

狂流般的队伍，

歌唱的队伍，

踏过河上的小桥，

走向缀满花朵的原野。

高原的风沙卷起行进的人们的歌声，

融合在闪耀着阳光和花朵的原野，

融合在滚滚奔流的河水上……

几十个队伍，

几百个队伍，

我们的队伍，

汇集在照耀着五月的太阳的原野上。

远远地从鲜红的检阅台那边
迎着风沙骑马走来的是谁呀？
我们的司令员同志，
好像率领着他那勇敢的战斗兵团
远远地向着我们走来，
伸出一只爱抚的手臂向我们呼唤：
"祝同志们健康！"
作为对他的回答，
我们的呼唤在原野上久久回响：
"祝我们的领袖们健康！"

行进的号声在前面召唤，
大地随着我们的步伐倾听历史的足音。
世界如像一个临产的母亲，
向我们抬起它那恳切的期待的目光。
站在红色的检阅台上检阅我们的队伍，
毛泽东同志用闪耀着确信的光芒的眼睛
把人民的嘱托交给我们。

四

队伍在日暮的阳光里显得更长了，
斜斜的影子跃动在温热的晚风里；
太阳歪侧了那张激动的红脸
照着一个个宽阔的胸膛，

于是在远远的山谷里降落了：
从一个个宽阔的胸膛里
落在每一颗血红的心上。

于是人们把火把点燃，
烧红的天幕上
一颗跟着一颗撒满了星星。
狂欢的歌声，
狂欢的舞影，
无数挥动的手臂举起点燃的火把，
于是结聚的人群又迅速排成了队伍，
五月的儿女，
太阳的儿女，
在火光中前进⋯⋯

五

远远地
人们的歌唱混合着一阵阵呼唤，
狂欢的舞蹈的足音也渐渐远去，
渐渐消逝了。
延河抑制着它的激动的声音
流过漆黑的草原，
带着黑夜的大地的耳语，
静静地向远方的星星眨着眼睛。
沿着河岸

一盏微弱的灯光一闪一闪地晃动，
一个巡夜的民兵手执一支红缨枪，
一步一步地迈着宽阔的脚步。

"民兵同志，
换班啦，
什么时候了？"
"嗯，鸡叫过好几遍了，
快天亮啦！"

快天亮啦……
我回头望着那未熄的火光，
透过黑夜的辽阔的原野，
提着灯盏的老乡们
到处晃动了宽阔的脚步，
远行的车轮
在伸延的大道上震响……
我看见蠕动的大地
翻卷着苦重的肩背
从黑夜里苏醒了……

六

啊，假如我的无力的诗句
也能使一颗沉睡的心颤动，

让它混合着千万人的惊醒的吼声
歌唱大地的黎明。

1940 年 5 月于延安

录自《十月》，五十年代出版社 1951 年 7 月版

修筑飞机场的工人

卞之琳

母亲给孩子铺床总要铺得平。
哪一个不爱自家的小鸽儿、小鹰？
我们的飞机也需要平滑的场子，
让它们息下来舒服，飞出去得劲。

空中来捣乱的给他空中打回去。
当心头顶上降下来毒雾与毒雨。
保卫营，我们也要设空中保卫营，
单保住山河不够的，还要保天宇。

我们的前方有后方，后方有前方，
我们的土地被割成了东一方西一方。
我们正要把一块一块拼起来，
先用飞机穿织成一个联络网。

我们有儿女在华北，有兄妹在四川，
有亲戚在江浙，有朋友在吉林，在云南……
空中的路程是短的，捎几个字去吧：
"你好吗？我好，大家好。放心吧。干！"

所以你们辛苦了，不歇一口气，

为了保卫的飞机、联络的飞机。

凡是会抬起头来向上看的眼睛，

都感谢你们翻动的一铲土一铲泥。

1938 年 11 月 8 日

录自《十年诗草》，桂林明日社 1942 年版

西北的青年开荒者

卞之琳

你们与朝阳约会：
十里外山顶上相见。
穿出残夜的锄头队
争光明一齐登先。

荒瘠里要挤出膏腴，
你们向黄土要粮食。
翻开了枯草的冬衣，
一千个山头都变色。

把庄稼个别的姿容，
排入田畴的图案，
你们将用了人工
顺自然丰美了自然。

让你们苦中尝尝甜，
土地里有甘草根，真好！
嫩手也生了硬肉茧，
一拉手，女孩子会直叫。

不怕锄头太原始，

一步步开出明天。

你们面向现实，

"希望"有那么多笑脸！

录自《十年诗草》，桂林明日社 1942 年版

一个礼赞

曹葆华

延安

西北的古城——

你是

阴霾天里

披着太阳的巨人

千百万里外

多少年青灵魂

仰起头额

睁着眼睛

频向你瞻望

——而你远远地站着

延安

西北的堡垒——

你是

暴风雨中

吹起光明的号子

从你喇叭下

无数对英勇儿女

翻越崇山

踏走荒野

去争取自由

——民族最后的站口

延安

西北的屏障——

你是

四万万人

命运唯一肩负者

手中有巨剑

斩杀了东岛毒蛇……

二十世纪

四十年代

亚洲烽火中

——屹然耸立新中国。

原载《中国青年》1940 年 2 月 15 日第 2 卷第 4 期

延安的秋

陈学昭

延安的秋，严肃，

像一个将出征的青年，威武，雄壮，

披上战袍；

夜，静穆，

风呼叫，

像战号！

延安的秋，喜悦，

红的，黄的，美丽，新鲜，

在骄烈的秋光下，

眩目！

他们，脸儿圆圆的，个子胖胖的，

蠕动在田垄中，

无语，微笑，

准备今年的丰收！

呀，延安的秋，中国的秋！

每个前方的战士，

每个后方的工作者，

为了她，可爱的祖国的秋，

激动，颤抖！

去吧，战士们!
取敌人的鲜血，
更载培我们明年的
可爱的秋!

1938 年 11 月

原载《文艺突击》1938 年 11 月第 1 卷第 2 期

我送你

陈学昭

没有一句惜别的言辞，
没有叮咛，
也没有嘱付，
让那些浮华的词藻
给蛀虫去慢慢地啃食吧！
它们却不适合于
赠送给一个布尔什维克的战士。

抑或由于我的笨拙的嘴？
我送你，
只是默默地，
但是，请相信，
并非出于我的吝啬，
我要把最好听的话，
留在将来再见的时候和你说！

什么风把你突然地吹到我跟前？
听！
窗外是什么响声？
呵！是我的心，
它在重温着

那好像有韵节的
你那关切的话语!

难道我们不应该长相聚?
偏要一个东,一个西?
但更不信的是尽管厮守着, (倒像囚犯一样)
见不到世界——
人类正为幸福和胜利而战斗呵!
好像天空的飞鸟,
你走了,
突然飞向辽远的彼方。

留住!
我不爱听这句:
"假使不死于敌人之手……"
你不会,也不能死于敌人之手,
当我们的敌人还没有完全消灭的时候。
你将如我的意愿,
如你所意愿的一样,
愉快地生活着!
是的,
"生活着是美的,
生活下去是美的!"
为祖国的解放而战斗着的生活是更美的。
为人民而战斗着的生活是千百倍的美的。

当一对男女还不自知是爱了的时候，

他们便要咬文嚼字，

从正面的话里去找反意思，

他们更要猜疑，

还要怄气；

这等于自己在制造诽谤！

给仇人去好笑！

让我们在革命事业里去竞赛，

在别离中去考验；

为此我将长久的沉默，

好把许多许多的话——

最好听的话，

留在将来再见的时候和你说！

1945 年 4 月 28 日

原载 1945 年 5 月 16 日延安《解放日报》

爱国犯

成仿吾

他们这些人——是所谓爱国犯，
这可不是千古未闻的奇案?!
翻破古今中外所有的法典，
找出这样个罪名——你可困难!

我敢断言，并且用我的一切保证，
他们没有敢诅咒什么神明，
他们都是些安分守己的绅士，
也不曾冒犯全世界哪一帝君。

如此说明，由南京传来的广播;
他们主张御侮救亡各党联合，
他们因此"违反了"三民主义，
他们危害了国家——因为他们爱国!

几个月来，他们被锁在监牢，
六十多岁的老人也"王法难逃";

他们要被审判，要被严重处分，
不管全国人民的悲愤与呼号。

他们不该痴爱这危亡的国家，
不该宣传与讨论救亡的方法，
不该表白他们对于祖国的忠诚，
不该，不该把汉奸亲日派辱骂！

这可不是千古未闻的奇案？
我们的民族经历着多少忧患！
爱国的运动被无情地镇压与摧残，
先进的战士们要克服更多的磨难。

可是"天罗地网"阻不住爱国的共鸣，
铁的镣铐锁不住救亡的斗争；
一天民众的愤怒终要轰然一声，
把没心肝的镇压者炸作微尘。

奋斗到底呵，你们、伟大的爱国犯！
你们放着比殉道者更大的光芒。
听呵，全国人民激昂的歌唱：
团结御侮，中华民族不亡！

1937 年 6 月 3 日

原载《解放周刊》1937 年第 1 卷第 7 期

七月的延安

丁玲

连绵的雨晴了
延安的山川田园
莴苣黄瓜铺满郊外
香甜
荞麦、小麦、玉蜀黍长满山巅
丛密密只露出
几座残堡一塔耸天
连绵的雨迷蒙了
延安的山川
云雾飞逝，炊烟迅灭
狂热地欢呼
尽情地享受
晚会未曾散
风一阵
雨一片
歌声掩盖了急雨
"保卫我们的祖国
保卫全世界的和平"
院中寂静悄无人
烛光摇摇不定
灯下的人无声

沉入了书里

沉入了马列的教训

我走进小屋

新裱的窗棂天花板

美的图案

这时——

我退了长靴

解开武装带

壁上挂了戎装

枕下安置短枪

顿时有一阵松快

千斤的负担轻轻从我肩上滑解

七月的风温柔的

敲窗的雨清凉细腻

被撩起的青春的心

在热忱里失眠了

有压抑不住的快乐

听呵这是什么声响

洛川的河流琅琅

延水锵锵带来了

民间欢唱

今年雨水好土地肥

汽车装来耕具一大堆

士兵哥哥又把耕事催

你一耙，我一锄

田里长了苗呵

　　绿油油，清香四方飘送

免了捐税　领了路条

　　今年的丰收　不会白费

　　听呵这是什么声响

　　　风动树枝

　　　　小鸟在檐下啾唧告诉了

民间欢腾

　　投票呵　阿黄

　　　你写方块字

　　　我用拉丁化

　　　　一样

　　张老伯不错

　　李牛儿也可当选

自伙儿来吧

　　自己的事　我们自己管

这是什么地方

　　这是乐园

　　　我们才到这里半年

　　说不上伟大建设　但

街衢清洁　植满槐桑

　　没有乞丐　也没有卖笑的女郎

　　不见烟馆　找不到赌场

　百事乐业

耕者有田

八小时工作　有各种保险

那些跰蹀在街头的

漂亮的工人装　全来自

武汉　西安　沪上

四方八面来了

学生几千　活泼　聪明

全是黄帝的优秀子孙

具着决心

"誓死不做亡国奴"

学着革命理论

学着军事技术

锻炼成百战不毁身

准备上前线

热的血　翻滚

赤的心　熬煎

想着天那方

中国的父老儿女

受尽了屠杀惨伤

拼将　头颅堕地

碎骨粉身

要　挽救危亡

夺回土地

争取民族的荣光

健儿们

勇敢向前　抗敌

卢沟桥　炮火又响

把这群强盗杀光

武装　十万

威震过全球

历史上写了新的纪录

铁的抗日军　日本鬼子也担忧

冲破炮火的围墙

千万重

整理了包裹　背上行囊

刺刀已出鞘

愿做先锋

十年奋斗

只为今朝

滴滴鲜血　都要洒在

抗敌的疆场

解放被压迫的民族

建立崭新的国土

号炮响了

英勇的战士们

冲冲冲

七月的风　自由

软软地吹

飘荡在延安城中

七月的风　汹涌

澎湃在延安城中

杀敌的情绪　激动

七月的风　腥臭

　　从灭亡了的国土

　　　　刮到延安城中

失眠的青春的心

　　又被愤怒啃咬

激烈地弹起了

　　穿上靴

　　束紧武装带

　　戎装在壁上消失

　　　短枪在腰插

冲出了小屋

　　雨仍在空中飘

　　　连绵地　温柔地

　　　　轻轻在脸颊抚摸

七月的延安　太好了

　　但青春的心

　　却燃烧着

要把全中国化成像一个延安

1937 年 7 月 10 日于延安

原载《妇女前哨》1937 年 11 月 5 日创刊号

马　群

杜谈

向着草原，
奔驰而去的，
不是我们的马群吗？

自由的马儿们：
没有戴笼头，
也没有备鞍鞯，
好像竞技的老手，
赴节日般地，
向着嫩绿色的草原驰去。

高大的、黑色的雄马，
走在前面，
白马追上去了，
而枣红色的小马，
竖起耳朵，
伸直了长尾，
疾速地将四蹄交换着，
竟做了这马群中的"冠军"。
青色的与栗色之群，
都在后面拼命地追赶着呵！

叱咤着的，

是牧人的声音。

幽静的草原，

留下了杂乱的铁蹄的痕迹。

它们长嘶着，

向着草原迅驰而去了，

是我们"久经战斗"的马群啊！

1941 年秋写于南泥湾

原载延安《诗刊》1942 年 5 月第 6 期

延 安

方冰

不是回到母亲身边的游子，
向你要一些温暖讨一些爱，
我回来，是要你把我烧炼一下，
再投出去！

1944 年 11 月回到延安后写

录自《战斗的乡村》，作家出版社 1957 年版

一个老农的歌

方冰

我是一个受苦的人。

几十年了
在土地上，弯着腰，
让汗珠子滴在土里，
不吭一声。

从挺着大肚皮的小孩，①
到满头白发的老汉，
穷累两个字，
写尽了我的一生。
我是一个受苦的人！

小的时候
给人家放羊，
披着破布片，
行走在高山上。

一年三百六十五天，

① 在艰苦的岁月里，老百姓吃糠咽菜过日子，小孩的肚子都撑得挺大。

风沙，烈日，雨雪，
生活把我磨成一个铁孩子，
经得冻，挨得饿。

太行山是那么的高呵！
挥一挥长鞭子，
我唱起了歌。

二十岁以后，
丢掉了鞭子，
我拿起锄头。

一把泪，一把汗，
吃人家饭，给人家干，
能做，能累，
东家夸我好小伙。

三十岁上，
我娶了个老婆。
从此我有了伴说话儿，
从此我有了家。

不再深更半夜，
弯着酸痛的腰杆
补我的破衣裳，

忍受东家的啰唆。

——年轻的人呵！
听我的话，
不要成家。
成了家，
像一只蜗牛，
你就永远背着它。

蜗牛遇到灾难，
可以在它的壳里躲避。
家，却只能给你灾难。

老婆像一口猪，
给我生，一个又一个……
小燕子似的，
一齐向我张着嘴，
叫我喂你们什么？

地主的算盘，
响得我的心打颤；
衙役来到门前，
活像阎王。

收了庄稼，

也就挨了饿。

五十岁以后，
我是这个样，
老伴死了，
自个儿享福去了。

大儿子关在牢里，
二儿子漂流到他乡
没有音信。

只剩下小儿子，
像一条瘦牛，
弓着腰
走在我走过的道上……

我也像一段朽木
等待入土。
怪我的命运吗？
我没有坏过良心，
一辈子累死累活。

不怪命运，
那又是因为什么？

——如今年过六十，
这棵枯树，
想不到却开了花。

日本鬼子杀来了，
国民党把我们丢了，
八路军把我们救下。

减了租子，
有饭吃了，
实行了民主，
能说话了。

咱们老百姓，
不再受压迫，
真正做了人。

我的腰直了，
眼睛又亮了，
血又流动了，
力量又回到我的身。

别看我这把胡子，
年纪老了，
我又有一颗

年轻的心。

想想这条命，
不是该受苦，
世界太不平。

我起得早，
我睡得晚，
我耕得深，
我锄得勤；
我打得多，
我吃不清。①

太行山呵！
你不是不养活穷人。

如今真个是：
"七十二行，庄稼为强。"
县里来了通知，
劳动英雄选上我王老金。

究竟是梦还是真？
低下头来看看地，

_____

① "吃不清"就是"吃不完"，晋察冀人这样说。

地是那么肥；
抬起头来看看天，
天是那么青。

再看看我自己，
还不是我王老金?!
两个世界，
我变成两个人。

我胸前戴着花，
我心里开了花，
我满面红光，
坐在群英会上。

想不到
我老王苦了一辈子，
今天有这么一场。

主席台上，
挂着毛主席的大像；
眼里看着他，
心里爱着他。

爱着他，
爱着他，

爱他带领我们受苦人，
打开了天下。

我是一个受苦的人。

一辈子
在土地上，
累断了筋骨，
穷断了根。

如今满头白发
我却交了好运。

我不再是一个受苦的人！

1943 年冬写于平西
1944 年冬修改于延安
录自《战斗的乡村》，作家出版社 1957 年版

当我走进了人群

——短歌四章

冯牧

歌 一

让我歌唱我自己，
当我走进了人群，
生活在革命的队伍里；
而且，让我在生活的快乐里，
忘记我的过去，
那有着像苔藓一样阴影的
二十年的过去。

我要歌唱着，
我找到了好的生活，
而且我找到了理想和工作，
像一个寂寞的多思索的孩子，
在他的童年的甜蜜的睡眠里，
找到了那黄金的王国。
那过去，那痛苦的记忆，
仿佛一阵轻微的夜风，
在宁静的窗前无声地吹过……

歌　二

我将歌唱我的快乐，

以我的热情，以我的眼泪，

以我的朴素的歌，

好像一个贫苦的农人的孩子，

突然走进了学校，

而以前的生活的贫苦，

使他变得那样朴素而且沉默，

他不能用美丽的语言，

来述说他的快乐，

而只能以贫苦遗留给他的

朴素的声音、朴素的热情来歌唱，

那朴素而笨拙的歌。

呵，我是那样沉默而且笨拙，

我仿佛唱不出一支短歌，

来述说我的欢乐，

但我要述说的是那样多，

正如同我的快乐是那样多……

歌　三

我的朋友们呵，在今天，

在这北方的苦寒的天气里，

我们互相伸出了手，

伸出了那没有手套而冻红了的手，

而且紧握着，

在夜晚，我们拥挤在一起，

以温暖的身体，以温暖的呼吸，

来抵御着这寒冷的天气；

在白天，我们生活在一起，

我们歌唱在一起，

我们歌唱这人群，

也歌唱这年轻的大地，

我们歌唱着，

在这土地上，在这人群里，

孩子变成了工作者，

老人变成了青年人，

来自各个遥远的角落的人，

都变成了更亲爱于兄弟的兄弟……

歌 四

我的朋友们呵，

当我们前进的时候，

让我的脚步——

即使是生疏的脚步、柔弱的脚步——

混合在人群的脚步里；

让我的声音——

即使是微小的声音、纤细的声音——

混合在人群的声音里；
让我的呼吸，
混合在人群的呼吸里，
让我的意志，
混合在人群的意志里！

呵，我将永远，
游泳在人群的海洋里，
如同一只自由地游泳着的鱼，
海水将永远洗浴我，
使我游得更强更美丽……

原载绥德《新诗歌》1942 年 1 月 25 日第 6 期

边区是我们的家乡

高长虹

边区是我们的家乡，
来到边区的同胞们
便都是我们的老乡。
我们把身体紧靠着身体，
不怕前面有虎豹豺狼。
我们像是五个指头
结成一个比铁还结实的拳头。
战斗为了团结，
团结为了战斗。

西北风是我们赶不走的客人，
它给我们带来紫的沙
和刻骨的寒冷。
太阳给我们送来温暖，
它跑来把它冲散。
我们的云散成雾，
我们的雾散成烟。
我们的冬天呼吸不够雪花，
夏天也常常苦旱。

我们的土地瘦，

我们多把肥料喂。

我们的人口稀，

我们一个人出十个人的力气。

我们一百个人里头

有九十五个生来是贫穷的，

为的来创造新天地。

我们是从苦难里训练出来的军队。

在抗日的前线上

我们是前卫。

我们先准备好总反攻，

我们先胜利。

原载 1944 年 11 月 6 日延安《解放日报》

法西斯罪犯们

高长虹

我们不会把罪犯们冷淡，
我们已经预备好犒劳，
他们自己所犯的罪恶，
便是他们的香甜的吃烤；
不必再多放一勺子盐巴，
不必再添上一格啜辣椒，
一定会合适他们的味口，
这是由他们亲手烹调。

除非是钻进地缝子底下，
或是溜出到天边子外面，
没有空间把他们庇护，
没有窟窿供他们躲藏；
就像死了的不能够复活，
就像残废的不能够全还，
就像战争不能再来到，
就像和平不能再损伤。

那里有人民他们被捕获，
那里有法律他们被问罪，
蚂蚁下蛋在他们的血管，

苍蝇下蛆在他们的脑髓；
我们用滚水把土地洗净，
看那里接触过罪恶的身体；
叫清白的心里不再有恐怖，
叫孩子们不再梦见魔鬼。

原载 1944 年 11 月 18 日延安《解放日报》

你们的脚

高敏夫

你们的脚，铁一般，
站得稳，立得端，
像天一样大，
像地一样宽，
无数的脚印，
印满了地北天南！

你们的脚，铁一般，
裂口深，冒过血，
近看好像五岳图，
远看好像破浪船，
无数的脚印，
印遍了海内名山！

你们的脚，铁一般，
皱纹多，冒过汗，
照见千条水，
刻出万架山，
无数的脚印，
守定了祖国河山；

你们的脚，铁一般，

力量大，声势显，

里边印的南泥湾，

外面印的终南山，

翻天覆地上战场，

惊天动地回延安！

你们的脚，铁一般，

过冰河，踏大雪，

万里长征回家乡，

王震威名天下传，

今天见了毛主席，

英雄的故事说不完。

1946年10月2日，欢迎三五九旅回延安

录自《诗风录》，作家出版社1958年版

蒙古人之歌

戈壁舟

我们生在沙漠的土屋里，

我们长在沙漠的毡房里，①

我们是沙漠之子，

我们像绿油油的沙蒿，

我们像迎风狂舞的沙柳，

我们像多刺的沙米，

我们像有着长根的沙竹，

我们像长细坚韧的席芨，②

在这荒凉的沙漠上

顽强地生长。

我们几千百代祖先的骨骸，

都深深地埋葬在这沙漠里。

沙漠是我们自己的，

草原也是我们自己的，

草原上健壮的牛，肥胖的羊，

矫健的马，高大的骆驼，

都是我们自己的。

我们要把土屋筑得更牢实，

---

① 毡房，即蒙古包。

② 沙蒿、沙柳、沙米、沙竹、席芨，均为沙漠的特有植物。

我们要把毡房造得更漂亮，

我们要牛的奶水更多，

我们要羊的毛长得更长，

我们要马和骆驼更有脚劲，

我们要保护我们的姑娘！

那就只有自己起来，

起来，沙漠的人团结起来，

就会像搅翻沙漠的飓风，

那样的有力量。

我们是沙漠的主人，

像沙蒿，像沙柳，像沙米，像沙竹，

像滩上海一样的席芨，

在这荒凉的沙漠上

顽强地生长。

原载 1946 年 2 月 17 日延安《解放日报》

别延安

戈壁舟

五月里天刚亮的延安城，

延河的水是那样的明，

水里的塔影是那样的俊，

我耕种过的山头呵是那样的亲。

我在这里受了十年教养，

别离时有说不出的心情：

我走着走着回头望呀，

渐渐地只望得见从雾里冒出来的塔顶，

渐渐地只望得见从山里飞出来的白云；

这叫我想起了我怎样离开我的母亲：

那也是走着走着回头望呀，

渐渐地只望得见草房后风摇着的竹林。

亲爱的母亲呵，

你生了我的身；

亲爱的延安呵，

你给了我为人民服务的心。

离开亲爱的母亲，

我为着追求光明；

离开亲爱的延安，

我为着新中国眼看在全国形成。

我好像赛马场上的大走马，

听见了比赛开始的枪声。

我想起了来时的情景呵：

老远我就望见了山丛中的宝塔，

也好似今天一样的兴奋，

只是今天呵更添上一个别情。

录自《别延安》，五十年代出版社 1951 年 4 月版

哈喽，胡子

公木

多么繁茂的花朵开放在你的心里，
那肥沃得像我们家乡的黑土一样的心啊！
而你脸上的皱纹褶得那么深，
你为什么总爱眯起眼睛来看世界呢？

是的，我了解你如同了解我心爱的诗篇！
对那些用大拇指点着自己的鼻尖做自我介绍的演说家，
对那些编造出从三岁起就顽强地反抗母亲的巴掌的英雄，
对那些以剽窃和说谎相炫耀而伸长手臂去抓取名誉的天才，
对他们你永远不屑翻一翻眼皮，
轻蔑的笑影闪跳在你胡须的丛林里。

哈喽，胡子！
但是为什么在年轻的伙伴中，
你总显得如此孤寂又如此沉默呢？

是的，这一切我都知道：
你的双肩担负过也还担负着
比任谁更多的痛苦，
正如你的胡须
比任谁的更密更长。

自从对罪恶挥起愤怒的剑，

你不曾把紧握的剑柄松弛。

浮着脂粉的眼泪没有浸软你横起的心，

戳在心窝的枪口没有吓退你迈进的步伐。

你一启程就向着"自由的王国"，

单凭你正义的直感选定了这个方向。

你从口红和酒排的包围中冲出，

留一片蠢然的嗤笑在你的身后。

从你手中飞出的石子，

打中过圆肥的警官的头；

那象征着权威的蓝底白字的木牌，

曾被你从衙门口上摘下而捣碎，

在没有月光的夜里你用粉笔去宣告真理，

涂满一条小巷又一条小巷；

你坐在饭摊的短凳上，

草草地填满叫响的肚皮，

而后就踏着磨透底的皮鞋前去——

迎着乞讨者伸出的乌黑的手，

迎着烟囱林喷吐的浓重的煤烟，

迎着侦缉队闪亮的锥子似的眼睛。

你就这样打发走了你最美的岁月，

在别人正是拿恋爱和幻想喂养自己的岁月。

啊！

你毫无保留地付出你的勇敢和忠诚，

付出你的一切，

直到付出你最宝贵的自由：

你告别了这绿色的世界和明亮的阳光，

镣铐的音乐伴奏着你灰暗的日子……

而你的心里，

却燃着一点永不熄灭的火种。

而你的形貌却慢慢变得滞重了：

时间的手，

在你本是油黑的脸上

偷写出无数条纤细的褶皱：

在你牛犊般的身体里，在你风箱般的肺腔里，

装进了各式各样的病苦。

爱和忧愤熬煎着你，

比为风雨和劳苦熬煎着的你的哥哥

还更显得苍老。

你的心谦虚得像一只空瓶；

你向老乡问一声路，

必定先来一个最端正的敬礼；

你坐在"合作社"，

从不敢放肆地喊一声小鬼或敲一下桌子；

因为你来到了延安啊，

这个被你爱得心疼的地方，
这个被你爱得想到就流出热泪的地方！
对每一个人甚或打身旁擦过的赶路者，
你都从心里呼唤着："同志，喂，同志！"
这个比铜锤击打洪钟还响亮的名字，
这个把战斗的队伍结合成一堵铁墙的名字。

你把工作了八个钟头的手插进裤袋里，
打着口哨散步在黄昏的河滩，
再不必闪躲那些带墨晶眼镜的人跟踪盯梢了，
你把思考了一整天的脑袋放在枕头上，
平坦地走进梦里去像走回自己的家里，
再不必惊恐有携带绳索的黑手来叩门了。

哈喽，胡子！
但是为什么在年青的伙伴中，
你还总显得如此孤寂又如此沉默呢？
你没有学会放开喉咙歌唱：
"起来，饥寒交迫的奴隶……"
你不习惯于高声地欢呼：
"我们，战斗的布尔什维克……"

你却把拳头攥得紧紧的，
侧着头听别人这么歌唱，这么欢呼。
一阵感应的风暴从你的心里鼓荡着，

吹起一片迷蒙的白云飞飘飞飘，

凝成几滴细雨落进你漾着微笑的眼里，

像一颗颗银色的露珠从那里迸流，

濡湿了你抖动的皱纹，

濡湿了你闪跳的胡须。

你站在七月的队伍中间，

大地在你脚下痉挛，

太阳在你头上跳荡。

你投射出惊奇而又快乐

生疏而又亲切的目光，

注视着那些张大的嘴巴，

注视着那些飘扬的旗帜，

注视着你的无尽长的行列：

这是你的梦，你的理想，你的希望啊！

而你，不知道疲倦，

你常说疲倦是由于过多的休息。

在真理的面前，

你永远是一个倾听命令的小卒。

真理命令你："前进!"

你就立刻迈开阔步，没有踌躇过；

真理命令你："冲锋!"

你马上就上好刺刀，把仇恨投向敌人。

你从不吝啬付出血去灌溉，付出生命去繁殖，完全用不着老朋友为你担心啊！

因为你的心里自燃着永不熄灭的火种，
风一吹就会发出炽热的熊熊的光焰来；
因为板着脸的冰床阻不住潺潺潜流的河水，
春来嘘一口气息冰床也会展开笑颜而歌唱。
水要奔流，火要燃烧，
声响和光彩就是这样产生的，
你就要生活在声响和光彩里了！

战斗在向你召唤，
血洗的原野在向你召唤，
那里是以斗争哺育了你三十年的家乡，
那里的人民以诚朴和刚毅，以汗和血耕种着他们的土地。
而今那土地被强盗的足迹玷污，
河川里流淌着羞辱的眼泪，
田垄里播种着不屈的头颅，
把稳你的方向盘，旋动你的引擎吧，
迎上去，迎上去，迎上去！

而我，仍然被留在这后方，
也请你完全不用担心！
我不会沾染上你所深深厌恶的病疫：
我不会蒙在被窝里梦想荣誉；
我不会让女人的花朵落进眼里拨不出去，

我不会把抱娃娃和学猫叫做日课；

我不会忘记应去耕耘的园圃，我不是一个懒惰的园丁。

哈喽，胡子！

我不想再多说什么，

我们都不是喜爱剖白自己的家伙。

让我们再紧紧地握一握手吧！

下次见面该是在庆祝最后胜利的会场上，

长白山的倒影跳动在鸭绿江的浪心，

你密长的胡须中也许要染上几星白霜；

而我一合眼就仿佛看见了

那白霜上镀一层欢笑的红光。

那时候孤寂和沉默将不会再伴随着你，

你该也习惯于高声地欢呼，

学会放开喉咙歌唱了！

哈喽，胡子！

哈喽，胡子……

1942 年 3 月 15 日

原载《知识》1946 年 10 月第 1 卷第 5 期

风箱谣

公木

咕哒，咕哒，咕哒……
风箱永不疲倦地唱着歌。
夏天煮绿豆水，
冬天熬小米汤。

咕哒，咕哒，咕哒
风箱唱着歌。
世界闷在蒸笼里，
太阳的毒针炙干青草。
乌鸦变成了哑巴，
不再给农民们送警报：
"哑哑，鬼子打来了！
　哑哑，鬼子放火烧！
　老乡们，快快跑，快快跑！"

林大娘，你还不歇手吗？
汗水爬行在你老脸的褶皱里，
灶火要烤焦你花白的头发了，
你还不歇手吗，林大娘？

　　不，豆儿还硬，

我必须再添一把火。
说不定子弟兵，
哪会儿就打这里经过。
他们嗓子热得冒烟，
他们比火烧的干锅
还更加感到焦渴呀！

咕哒，咕哒，咕哒，
风箱唱着歌。
北风敲击着茅屋顶，
大雪查封了所有的道路。
蛐蛐儿躲在炕洞里，
给两岁的孙儿唱催眠曲：
"吱吱，爸爸去打鬼子！
　吱吱，妈妈在妇救会！
小宝宝，好好睡，好好睡！"

林大娘，你还不歇手吗？
湿柴嘶叫着呕吐青烟，
涩泪从你红肿的眼里呛流了，
你还不歇手吗，林大娘？

我必须再添一把火。
说不定子弟兵，
哪会儿就打这里经过。

他们眉毛上挂着冰柱，
他们比冻结的水缸，
还更加需要温暖呀！

咕哒，咕哒，咕哒……
风箱永不疲倦地唱着歌。
夏天煮绿豆水，
冬天熬小米汤。

1942 年 9 月 7 日

录自《哈喽，胡子》，五十年代出版社 1951 年版

黄河大合唱

光未然

一　黄河船夫曲

乌云啊，

遮满天！

波涛啊，

高如山！

冷风啊，

扑上脸！

浪花啊，

打进船！

咳哟！

伙伴啊，

睁开眼！

舵手啊，

把住腕！

当心啊，

别偷懒！

拼命啊，

莫胆寒！

咳！划哟！

咳！划哟！

不怕那千丈波涛高如山！

不怕那千丈波涛高如山！

行船好比上火线，

团结一心冲上前！

咳！划哟！

咳！划哟！

咳哟！划哟！……

划哟！冲上前！

划哟！冲上前！……

咳哟！

哈哈哈哈……！

我们看见了河岸，

我们登上了河岸，

心啊安一安，

气啊喘一喘。

回头来，

再和那黄河怒涛

决一死战！

决一死战！

二 黄河颂

（朗诵词）

啊，朋友！

黄河以它英雄的气魄，

出现在亚洲的原野；

它表现出我们民族的精神：

伟大而又坚强！

这里，

我们向着黄河，

唱出我们的赞歌。

（歌词）

我站在高山之巅，

望黄河滚滚，

奔向东南。

金涛澎湃，

掀起万丈狂澜；

浊流宛转，

结成九曲连环；

从昆仑山下

奔向黄海之边；

把中原大地

劈成南北两面。

啊！黄河！

你是中华民族的摇篮！

五千年的古国文化，

从你这发源；

多少英雄的故事，

在你的身边扮演！

啊！黄河！

你是伟大坚强，

像一个巨人

出现在亚洲平原之上，

用你那英雄的体魄

筑成我们民族的屏障。

啊！黄河！

你一泻万丈，

浩浩荡荡，

向南北两岸

伸出千万条铁的臂膀。

我们民族的伟大精神，

将要在你的哺育下

发扬滋长！

我们祖国的英雄儿女，

将要学习你的榜样，

像你一样的伟大坚强！

像你一样的伟大坚强！

三　黄河之水天上来

（朗诵词）

黄河！

我们要学习你的榜样，

像你一样的伟大坚强。

这里，

我们在你面前，

献上一首诗，

哭诉我们民族的灾难。

（歌词）

黄河之水天上来，

排山倒海，

汹涌澎湃，

奔腾叫啸，

使人肝胆破裂！

这是中国的大动脉，

在它的周身，

奔流着民族的热血。

红日高照，

水上金光迸裂。

月出东山，

河面银光似雪。

它震动着，

跳跃着，

像一条飞龙，

日行万里，

注入浩浩的东海。

虎口——龙门。

摆成天上的奇阵；

人，

不敢在它的身边挨近；

就是毒龙

也不敢在水底存身。

从十里路外，

仰望着它的浓烟上升，

像烧着漫天大火，

使你热心沸腾；

其实——

凉气逼来，

你会周身感到寒冷。

它呻吟着，

震荡着，

发出十万万匹马力，

摇动了地壳，

冲散了天上的乌云。

啊，黄河！

河中之王！

它是一匹疯狂的野兽啊，

发起怒来，

赛过千万条毒蟒，

它要作浪兴波，

冲破人间的堤防；

于是黄河两岸，

遭到可怕的灾殃；

它吞食了两岸的人民，

削平了数百里外的村庄，

使千百万同胞

扶老携幼，

流亡他乡，

挣扎在饥饿线上，

死亡线上！

如今

两岸的人民，

又受到空前的灾难；

东方的海盗，

在亚洲的原野，

放出杀人的毒焰；

饥饿和死亡，

像黑热病一样

在黄河的两岸传染！

啊，黄河！

你抚育着我们民族的成长；

你亲眼看见，

这五千年的古国

遭受过多少灾难！

自古以来，

在黄河边上

展开了无数血战，

让累累白骨

堆满你的河身，

殷殷鲜血

染红你的河面！

但你从没有看见

敌人的残暴

如同今天这般；

也从没有看见

黄帝的子孙

像今天这样

开始了全国动员；

在黄河两岸，

游击兵团，

野战兵团，

星罗棋布，

穿插在敌人后面；

在万山丛中，

在青纱帐里，

展开了英勇的血战！

啊，黄河！

你记载着我们民族的年代，

古往今来，

在你的身边

兴起了多少英雄豪杰！

但是，

你从不曾看见

四万万同胞

像今天这样

团结得如钢似铁；

千百万民族英雄，

为了保卫祖国

洒尽他们的热血，

英勇的故事，

像黄河怒涛，

山岳一般的壮烈！

啊，黄河！

你可曾听见

在你的身旁

响彻了胜利的凯歌？

你可曾看见

祖国的铁军

在敌人后方

布成了地网天罗？

他们把守着黄河两岸，

不让敌人渡过！

他们要把疯狂的敌人

埋葬在滚滚的黄河！

啊，黄河！

你奔流着。

怒吼着，

替法西斯的恶魔

唱出灭亡的葬歌！

你怒吼着，

叫啸着，

向着祖国的原野，

响应我们伟大民族的

胜利的凯歌！

四　黄水谣

（朗诵词）

我们是黄河的儿女！

我们艰苦奋斗，

一天天接近胜利

但是，

敌人一天不消灭，

我们一天便不能安身；

不信，你听听

河东民众痛苦的呻吟。

（歌词）

黄水奔流向东方，

河流万里长。

水又急，

浪又高，

奔腾叫啸如虎狼。

开河渠，

筑堤防，

河东千里成平壤。

麦苗儿肥啊，

豆花儿香，

男女老幼喜洋洋。

自从鬼子来，

百姓遭了殃!

奸淫烧杀，

一片凄凉，

扶老携幼，

四处逃亡，

丢掉了爹娘，

回不了家乡!

黄水奔流日夜忙，

妻离子散，

天各一方!

妻离子散，

天各一方!

五　河边对口曲

(朗诵词)

妻离子散，

天各一方!

但是，
我们难道永远逃亡？
你听听吧，
这是黄河边上
两个老乡的对唱。

（歌词）
张老三，我问你，
你的家乡在哪里？

我的家，在山西，
过河还有三百里。

我问你，在家里
种田还是做生意？

拿锄头，耕田地，
种的高粱和小米。

为什么，到此地，
河边流浪受孤凄？

痛心事，莫提起，
家破人亡无消息。

张老三，莫伤悲，
我的命运不如你！

为什么，王老七，
你的家乡在何地？

在东北，做生意，
家乡八年无消息。

这么说，我和你
都是有家不能回！

仇和恨，在心里，
奔腾如同黄河水！
黄河边，定主意，
咱们一同打回去！
为国家，当兵去，
太行山上打游击！
从今后，我和你
一同打回老家去！

六　黄河怨

（朗诵词）
朋友！

我们要打回老家去!

老家已经太不成话了!

谁没有妻子儿女,

谁能忍受敌人的欺凌?

亲爱的同胞们!

你听听

一个妇人悲惨的歌声。

(歌词)

风啊,

你不要叫喊!

云啊,

你不要躲闪!

黄河啊,

你不要呜咽!

今晚,

我在你面前

哭诉我的仇和冤!

命啊,

这样苦!

生活啊,

这样难!

鬼子啊,

你这样没心肝!

宝贝啊,

你死得这样惨!

我和你无仇又无冤,

偏让我无颜偷生在人间!

狂风啊,

你不要叫喊!

乌云啊,

你不要躲闪!

黄河的水啊,

你不要呜咽!

今晚

我要投在你的怀中,

洗清我的千重愁来万重冤!

丈夫啊,

在天边!

地下啊,

再团圆!

你要想想妻子儿女死得这样惨!

你要替我把这笔血债清算!

你要替我把这笔血债清还!

七 保卫黄河

(朗诵词)

但是,

中华民族的儿女啊,

谁愿像猪羊一般

任人宰割？

我们要抱定必胜的决心，

保卫黄河！

保卫华北！

保卫全中国！

（歌词）

风在吼。

马在叫。

黄河在咆哮。

黄河在咆哮。

河西山岗万丈高。

河东河北

高粱熟了。

万山丛中，

抗日英雄真不少！

青纱帐里，

游击健儿逞英豪！

端起了土枪洋枪，

挥动着大刀长矛，

保卫家乡！

保卫黄河！

保卫华北！

保卫全中国！

八 怒吼吧，黄河！

（朗诵词）

听啊：

珠江在怒吼！

扬子江在怒吼！

啊！黄河！

掀起你的怒涛，

发出你的狂叫，

向着全中国被压迫的人民，

发出战斗的警号！

（歌词）

怒吼吧，黄河！

怒吼吧，黄河！

怒吼吧，黄河！

掀起你的怒涛，

发出你的狂叫！

向着全世界的人民，

发出战斗的警号！

啊——！

五千年的民族，

苦难真不少！

铁蹄下的民众，

苦痛受不了！

受不了……！

但是，

新中国已经破晓；

四万万五千万民众

已经团结起来，

誓死同把国土保！

你听，你听，你听：

松花江在呼号；

黑龙江在呼号；

珠江发出了英勇的叫啸；

扬子江上

燃遍了抗日的烽火！

啊！黄河！

怒吼吧！

怒吼吧！

怒吼吧！

向着全中国受难的人民，

发出战斗的警号！

向着全世界劳动的人民，

发出战斗的警号！

1939 年 3 月写于延安

选自《五月花》，作家出版社 1960 年 5 月版

晨　歌

郭小川

是秋天，

秋天的早晨我老是起得很早，

而且爱在黎明的薄雾里，

去访问延河。

延河，

天天唱着小曲

呼唤我——

呵，我来了！

我的延河。

我是你的一条小支流呀，

投奔你，

自我从幻丽的梦里带来的：

笑的碎响，

和低吟的

我的歌。

我就想

我怎么好像更年轻、年轻得多！

——我走在白色的雾层里的山坡上，

像是一个腾云驾雾的小仙童，

到深山的古泉

取圣水。

我走着，蹦跳地走着，
一转眼，
就到了我的蓝色的延河。
延河上，
有一个先我而来的
年轻的女同志。
她正蹲在一块突出水面的石头上，
洗她那冻得发红的脸，
她那黑色的长发垂落在水面，
她不能看见我，
但听见
我唱歌
她问：
——你唱的是什么？
我笑了笑，
就猛然扬起我的手臂，
朝向孕育着太阳的东方的天空，
新鲜的天空，
挺开胸脯而深呼吸……

那山
——太阳的屏风，
现在是更高而且大了；

那青色的宝塔，

和那塔下的半圈城墙；

好像被火亮的光焰，

炼成古代的青铜的巨人铸像；

那收割的田野，

那草坡，

那河岸，

都像是着了火了，着了火了……

呵，我的马呢？

马呢，让我骑上如飞地远去……

我的枪呢？

枪呢，嘣的一声，

叫我的仇敌应声倒下……

而什么时候，

我的农夫型的粗壮的影子，

跃进河里

去了

呵，

早安！

世界恩赐给你

少有的健康的样子啊！

今天，你

你还忧郁吗？

病吗？

悲哀吗？

呵，

你是多么像一个英劲的骑士！

骄傲吧，年轻的你！

天不早了，

随便洗了几下脸，

我就怀着对于世界的深沉的感谢

和爱恋，

又唱起

我的歌

走回来——

那个女同志又踱步在大路上，

边走边读着书。

我没有惊扰她，悄悄走过……

河的对岸，

一个农夫赶着黄牛来了；

往来的人群也把大路的尘土扬起，

我的同志，

都动起来了，

小鬼们忙着收拾农具去生产……

而我

真的是延河的一条小支流

不能呈献给

秋天的早晨

歌唱以外的东西吗?

1941 年 10 月 12 日在延安蓝家坪

原载绥德《新诗歌》1941 年 11 月第 5 期

草 鞋

郭小川

预备号刚刚落音，
我就换上我的草鞋
跑步，钻进我的同志之群去了。

班长说：
"你的草鞋真漂亮……"
我涨红了脸，低下头……
而出发的号音正响起来，
我就淹没在一条草绿色的
无数的人群的河流里
冲走了。

……而我发现
我的同志们都穿的是草鞋，
我是多么地快活呀，
他们的好像比我的更美丽。
呵，那不像是草鞋，
那是鲜艳的小野花群，
草鞋排成行列
行过绿色的草原，

犹如野花漂游在蓝澄的溪水面上，

不，那好像又不是野花，

那是一列彩色的小鸟，

一个小鸟追逐着一个小鸟，

以它英雄的姿影

炫耀给世界。

草鞋的尖顶

结着骄傲的彩球：

圆圆的，

毛茸茸的，

摇着头而泛着光丝的……

草鞋的羽翼

呈着反叛的色调：

像旗帜那么殷红的，

像野葡萄那么紫得大胆的，

像小草那么绿得年轻的……

草鞋的上面，

有阳光

有小风

抚以温情的热吻；

草鞋的底下，

有大地

有浅草

唱着沉洪的壮歌。

可是，这美丽的草鞋

却忠实地卫护着我的同志的脚，

像旱地里的船只

载着这光荣的旅客。

草鞋是负着我的同志的光荣，

正如土地，以负着草鞋的光荣，

而引为骄傲呢。

我的同志个个都是年轻力又大，

我的同志的脸都亮着黑红，

我的同志的眼睛都闪着深沉的骄傲，

我的同志的心都跳着勇敢，

我的同志的喉咙都含着无声的战歌，

我的同志的枪光闪烁，

我的同志的步武轩昂，

我的同志的草鞋呀，

是无限奋激地向前奔行。

而我发现

我也是其中的一个呀！

我是如此快活——

快活得好像已不是穿着草鞋走路，

像是骑着小鸟，

飞驰在祖国的神圣的天空上了。

1941 年 7 月于延安

录自《投入火热的斗争》，作家出版社 1956 年 4 月版

我做了一个梦

海稜

我做了一个梦——

在一间古老的大屋子里,

沉睡着许多善良的人,

忽然被强盗放了火,

我呐喊着。

有的人惊醒了却只顾自己挣扎,

有的人在沉睡中烧死了,

有的人因为救火而牺牲了,

那因救火而牺牲的立下了纪念碑。

我做了一个梦——

在一个布有铁丝网的监牢里,

关着许多囚徒,

他们的罪名是"爱国"和"自由"。

有的人受尽酷刑咬紧牙关不吐一个字,

有的人在金钱美女和皮鞭下屈服了。

忽然,有一个沉默的勇士站起来,

拼命挣脱压迫的锁链,

用力把牢门打破了,

许多人就组成了一支自由军。

我做了一个梦——

仿佛才从严寒的冬夜醒过来，

大地已经变了样，

到处飘着皑皑的白雪，

一群裸体的男女孩童在雪里跳跃着，

在练习古代斯巴达式的武艺，

他们却唱歌着《抗日游击队》之歌，

穿皮袄的过路人嘲笑他们傻气，

孩子们却轻蔑地骄傲地笑着……

我做了一个梦——

我走入一座富丽无比的皇宫，

我看见一群天仙般的宫女在舞蹈，

周围是如醉如迷的文武大臣，

但是我没有看见皇帝，

我正想用好奇的眼光搜寻，

看看皇帝的真实面影，

忽然一个声音严厉呵斥——

"滚出去，不懂事的小东西，

这不是老百姓随便进出的地方！"

因为我年纪小而得到了特别的赦宥，

否则，就要把我的头割掉。

我做了一个梦——

我走着漫长的黑夜，

好像是城隍庙的世界，

阴风惨惨，

血迹斑斑，

还有魔鬼的怪声和受难者的呼声，

我害怕，

我想喊，

但是突然有一个巨人的声音——

"把真理的火把燃起来！"

接着第二个巨大的声音——

"挺起你的胸膛向前走！"

随着巨人的声音和手势，

我燃起火把，

勇往前进！

我终于醒过来了。

我做了一个梦——

我长了翅膀，

飞翔在自由的天空里，

我鸟瞰了一下整个世界，

到处都是峥嵘的丛山，

茫茫的大海，

没有一条平坦的路，

也并未看见什么"极乐世界"，

只有那一边，

雄鹰飞过的那一边，
据说是俄罗斯人民快乐而自由的土地，
我想飞过去，
但是长路漫漫，
我的翅膀还很稚弱……

我做了一个梦——
我走进一座不知名的大图书馆，
里面陈设着古今中外的亿万卷书籍，
我十分羡慕，
我愿在这里消磨我的青春，
我想成为知名的学者，
忽然，有一个巨人的声音在说——
"书呆子，到群众中去学习生活吧！
不然，书要把你压死在这里！"
我想和这个巨人攀谈几句，
然而，我醒过来了。
但是长路漫漫，
我的翅膀还很稚弱……

我做过许许多多的梦，
美丽的，可怕的，
过去的，未来的，
我梦见过和凶恶的疯狗作战；
我梦见过和理想的爱人结婚；

我梦见过失掉幸福的悲哀；

我梦见过得到自由的狂欢；

我梦见过我曾经想过的一切；

我梦见过我不曾想过的一切；

有的梦和时间一同消亡了，

有的梦至今还清楚地记得，

生活越接近现实，

梦也就越来越少，

从此，我走着现实的路。

1938 年春由成都赴延安途中

录自《凯旋》，西南人民出版社 1951 年版

我走在早晨的大路上

贺敬之

我走在早晨的大路上
我唱着属于这道路的歌。
我的早晨的河呵，你流吧，
我的早晨的太阳，你升起吧。

我走在早晨的大路上，
在我的面前，
在我的四周，
是无限广大的土地。

我面对着我自己，
我面对着我的歌，
我面对着这道路，这土地，
我面对着这个国度，这个政权；

我——一个十八岁的公民，
我自己说话，高声地：
这土地是我的！
这山也是我的！

我——一个十八岁的歌者，

我唱我自己的歌，高声地：

是我的——这早晨，这太阳！

是我的——这欢快的一天的开始！

现在是秋天。

现在是收获的季节。

现在是每一种颜色都鲜红的季节。

现在是每一个喉咙都发声的季节。

现在是每一双手都举起热情的季节。

现在是每一朵花都结实的季节。

我走在早晨的大路上，

我唱着属于这道路的歌。

光明和温暖正在这大地上开始，

这里正在开辟，正在手创。

这早晨的歌，

这太阳的歌，

这季节的歌，

这开辟和手创的歌，

这闪耀和燃烧的歌，

呵，我走在这道路上！

这道路的歌，

这田野的歌，

这西红柿的歌，

这小米的歌，

这玉蜀黍和高粱的歌!

呵，此刻，我，前进着，

我迈着我的脚步，均衡而有力。

我的伙伴，我的公民同志，

我们来唱这歌吧，

我们来完成这奇迹，

我们来投票竞选，

我们来吧，同志——

足够十八岁的!

我，十八岁，向前走，唱着，

你们，也向前走，

从我的左肩擦过，唱着；

从我的右肩擦过，唱着。

我什么也不想，

我，一点也不怀疑，

我面对你呵，我的大地，

如同向日葵对于太阳一样真诚不二。

我的头脑是清醒的，

像那被太阳光穿透的露珠。

在会议上允许我发言，

在我道路上允许我大步向前而且唱歌。

我的脚步是你们中间的一双脚步，

公民同志们！

我的手是你们中间的一双手呵，

公民同志们！

它同你们紧靠着，

它同你们一起前进，

它同你们紧握着，

它同你们一起来管理这大地。

让我们牢记吧，

我们是自己国度的先驱者，

让我们牢记吧，

我们是自己栽培自己收获的人！

我不能不起来，从我的座位里，

我来在这早晨的道路上，

我不能不唱歌，唱我的赞颂的歌，

给这早晨，给这太阳！

我仍然前进，

一刻也不休止，

我同我的邻人，

一起呼吸，生活。

我走在这早晨的大路上，

我唱着属于这道路的歌。

我看见这大地每一秒钟都在前进，

我看见这大地每一秒钟都在生长，

我看见这大地上的旗帜正在飘扬，

我看见这大地上：快乐和歌唱。

我，向前走！

我，十八岁的公民！

啊，我唱着，和河的声音一起，

太阳在我的周身，在我的大地上。

前面的，你是什么？

都来到我的怀里吧，我紧紧地拥抱你们，

我，十八岁的歌者，

我也要投到你们的怀里，你们也来拥抱我！

你是我的同志，我的爱人呵，

你是我的伙伴，我的邻人呵，

你是我的房屋，我的田野呵，

你是我的早晨，我的太阳呵。

我走在早晨的大路上，

我唱着属于这道路的歌。

我跟着前面的人，

后面的人跟着我。

1941 年 9 月

原载绥德《新诗歌》1941 年 11 月第 5 期

啄木鸟

贺敬之

你听到吗，这丛林中发出来的
啄木鸟啄食的迟重的声音
穿过密丛的枝叶来到你的耳际？

你看见吗，啄木鸟正搂在树枝上
以自己顽强坚硬的长嘴
不感厌倦地啄食着每条树干？

周围，树林蔓延到无边，
那顽强坚硬的长嘴去接近着，发现着，
要什么虫食，就得到什么虫食。

而你，在你生活的林中
也以你的嘴唇去接近，而且发现吧，
你将不断地迈步向前，那枝干会不断地满足着你。

而现在，这从林中发出来的
啄木鸟啄食的迟重的声音
穿过密丛的枝叶来震动着你的心了。

1942 年 4 月 27 日

原载 1942 年 5 月 27 日延安《解放日报》

志丹陵

贺敬之

一滴眼泪一滴汗，
一块石头一块砖，
修起了志丹陵；
修起了志丹陵，
志丹陵呵百尺高，
高不过志丹同志的大功劳。

为穷人吃来为穷人穿，
为了千万穷人把身翻。
纪念碑立在陵前，
刻下了纪念——
刻也刻不完呵，
刻在那千万人民心中间。

送灵队伍低下了头，
抬着灵柩慢慢儿走。
往年咱跟刘志丹，
咱是红色游击队员，
陕甘宁到处都走遍，
如今的路呵可比往年宽。

红旗蒙在灵柩上，

人民祭灵在路旁。

千万人民排起队，

唱起了歌儿多悲壮；

——志丹同志没有死，

志丹陵发出万丈光芒！

——志丹同志没有死，

志丹陵发出万丈光芒！

1943 年 5 月，延安

录自《朝阳花开》，作家出版社 1954 年版

夜　歌（六）

何其芳

冬天的晚上

我坐在窑洞里烧着红红的炭火。

我忽然想起，是谁啊

在他的一部小说的最后说了这样一句话，

"上帝啊，祝福那些无家可归的人！"

是你吗，屠格涅夫？

我不像你这个旧俄罗斯的贵族

用这句空话来减轻我的不安，

我不能把责任推给上帝，

那个本来不存在的鬼东西，

而且我知道祝福没有一点实际的用处，

对于那些没有衣服穿的人，

那些没有屋顶过夜的人，

那些没有家或失掉了家的人。

还有我们的前方士兵，

前方的干部，

在这天晚上，

我知道你们正在和敌人争夺着村庄，

大炮像雷一样响，

机关枪像害疟疾的人一样敲打着牙齿，

你们在受伤，在死；

或者你们正和衣躺在炕上，

突然紧急集合了，

你们翻身起来把背囊背上，

备好马，

准备出发；

或者在那更北的北方，

现在正下着大雪，

你们在行军，

你们有些人还没有鞋袜；

或者你们在过封锁线，

走了一天一夜还没有吃东西。

我曾参加过的一二〇师的同志们，

我知道在我离开了你们以后，

你们在河北遭遇过大水灾，

经常把两只腿浸在水里行军；

你们在山西遭遇过敌人的围攻，

经常在下大雨的晚上

用两手两足爬着泥滑的山路，

而且因为粮食困难，

你们经常吃着喂马的黑豆，

吃一顿小米就是会餐。

对于你们

鼓劲的话，

关于未来的话，

都不必说啊。

你们不是空口谈论着未来，

而是在为它受苦，

为它斗争。

是谁啊，想天下有一个被水淹的，

就像是自己使他被水淹一样？

是你吗，大禹？

你真忙啦，你真辛苦啦！

据说你治理了九年的洪水

你三次从你家里的门前走过没有进去，

而且你听见了你的小儿子在哇哇地哭。

还有你提倡自己刻苦的墨翟，

你跑到这个国家去劝人家不要进攻，

又跑到那个国家去帮助人家防御，

据说你住一个地方

总是灶还没有烧黑

就又走啦。

这种传说，

这种英雄，

只有我们的队伍里

才承继了下来，

才找得出很多很多。

我不是历史家，

但我必须从你们

来给"英雄"们下一个另外的定义。

过去的历史家

对于亚历山大、恺撒或者拿破仑

常常发生兴趣，

正如小孩子喜欢听狼和老虎的故事——

唯有你们从人民中来

而又坚持地为人民做事的，

才最值得用诗，用历史

来歌颂，来记下你们的功劳和名字。

1940 年 12 月 24 日

原载《诗文学》第 2 辑《为了面包与自由》

革 命

——向旧世界进军

何其芳

一

革命——向旧世界进军!

向各个黑暗的角落进军!

向快要崩溃的阶级社会进军!

向绅士和流氓的联合统治进军!

向监狱进军!

向飞着炮弹的阵地进军!

有时为了必要,革命暗暗地在地下进军!

有时为了必要,革命光明磊落地进军!

有时革命向后退却一步!

为了向前十步地挺进!

同志们!

现在是什么时候呵?

战争与革命交错的时代!

欧罗巴,你资本主义的老巢,

你现在打得很好!

你现在打得很热闹!

在帝国主义者的火拼里

革命的火焰将要燃烧起来，
把强盗们烧掉！

地球，你旋转得更快些！
更快些让我看见每天早晨的太阳！
更快些让我看见旧世界的死亡！

二

中国的革命，
亚细亚方式的革命，
今天呵我才第一次真正地
感到了它的长期性、残酷性！

今天呵我才第一次深深地
感到了我是一个中国人，
感到了做一个中国人的艰苦和不幸，
也感到了做一个中国人的勇敢和责任！

一九二七！灿烂的记忆！
轰轰烈烈的记忆！
你呵，你从那记忆里长大起来的同志，
你说着说着，你流出了眼泪。
你记起了你是一个打红领巾的少先队员，
你记起了那些活了的街道，

那些群众大会，

那些呼喊，

那些奔跑！

那些游行示威的工人群众！

那些农民暴动！

那些接着来的枪声，屠杀，镇压！

革命被包围了。

革命被袭击了。

多少尸首！

多少血！

多少被毁坏了的优秀的青年男女！

多少监狱！

三

你呵，你长期从事地下工作的同志，

你还记得你在监狱里的号数，

你还记得要弯下腰去才能看见一个小块天空，

你还记得脚镣、手铐、橡皮鞭，

长期的饥饿，长期的失眠。

你还记得狗子们不断地盯梢，

跟着你上电车，又跟着你走在人行道，

现在你还保持你在监狱里的习惯，

每天晚上只能睡三个钟头的觉。

而你，你从农民战争里长大起来的女同志，

你还记得你的哥哥被白色的军队捉住，

被绑在树上活活地烧死。

而你，你全家都参加了革命的老同志，

你一家十二口人都为革命牺牲了的老同志，

你的儿子们、孙子们死在战场上，

你的母亲、妻子、儿媳被反革命杀死。

你说起这些，

你并没有哭。

而是带着庄严的微笑。

是什么样的东西在支持着你们呵！

是什么样的东西使你们有那样坚强的信心，

那样勇敢地继续着那样残酷的斗争？

你身上带了十几处枪伤的，

你只剩下了一只胳臂的，

你三年没有吃过热饭，

三年没有脱过衣服睡觉的，

你在饥饿的时候，

你在长征的时候生下了小孩

而又把他抛弃了的，

还有你们死于枪弹、炮弹和飞机的轰炸的，

你们死于饥饿、寒冷和疾病的，

你们死于爬山、渡河和过草地的，

你们为了争取中华民族的解放

而被活埋、被枪杀、被拷打而死的，

所有你们以你们的血肉之躯

为革命铺成一条大道的，

你们无数最好的人，

最好的中国人啊！

我听见了斯大林的钢铁的声音：

"共产党人是特种样式的人，

是用特殊的材料制成的！"

四

今日的中国是什么样的中国！

四分五裂的中国！

血淋淋的中国！

光明与黑暗交错着的中国！

被铁链捆绑着而又快要打破它的中国！

革命的武装活跃在各个地方，

在渤海边，在东北的森林里，在海南岛上，

而延安，革命的心脏，

我白天和晚上都听见它巨大的跳动！

虽说在我们的土地上
也有着日本人，
有着汪精卫，
有着乌烟瘴气的重庆，

虽然在重庆，一天饿死五千人，
而阔人们却喝着飞机从香港运来的自来水，
他们的狗吃着一百块钱一顿的大餐，
而且在外交宴会上
他们高呼着"大英帝国万岁!"

虽说那些囤积粮食的，
运私货的，
买外汇的，
不停地压榨人民，
在巴西买甘蔗田，
在瑞士造别墅，
在纽约的银行里存着长长的数字的款子的，
也是中国人，

他们到底是很少数的人，
快走进坟墓里去的人啊!

一切腐烂的东西都在死亡!

一切新生的东西都在成长！

腐烂的和新生的
已经清楚地分别开
像黑夜和白天！
全中国的兄弟们，
站到革命方面来！

五

革命——给我们把幸福带来！

让我们自由地呼吸，
让我们用歌唱来代替诅咒和哭泣，
让我们感到这样大的国家真正是我们的，
让我们真正能使用这样肥沃的土地，
让我们有足够的粮食，
让我们有穿不完的布匹！

我们知道自然能够供给我们所有需要的东西，
世界原来是如此美丽，
人与人间也能够建筑起一种亲爱的关系，
我们知道为什么我们现在如此贫苦，
为什么我们现在还没有和平和幸福！
我们什么都知道呵！

革命——进军!

我们紧紧地跟着你前进!

1941 年 3 月 15 日

录自《何其芳文集》第 1 卷,人民文学出版社 1982 年 1 月版

我为少男少女们歌唱

何其芳

我为少男少女们歌唱。

我歌唱早晨，

我歌唱希望，

我歌唱那些属于未来的事物，

我歌唱正在生长的力量。

我的歌呵，

你飞吧，

飞到年轻人的心中

去找你停留的地方。

所有使我像草一样颤抖过的

快乐或者好的思想，

都变成声音飞到四方八面去吧，

不管它像一阵微风

或者一片阳光。

轻轻地从我琴弦上

失掉了成年的忧伤，

我重新变得年轻了，

我的血流得很快，

对于生活我又充满了梦想，充满了渴望。

录自《何其芳文集》第 1 卷，人民文学出版社 1982 年 1 月版

延绥道上

侯唯动

一

乡村的少女，
拾着带露水的棉花，
早晨的太阳，
照在杜梨的红叶上，
照着她的红衣裳。

谷穗金黄，
糜子金黄，
太阳照得延水金黄，
照得闪闪的镰刀金黄。
哗啦啦响的延水浮起蒸气，
收割的乡亲脸上浮起汗气。

驴蹄子沾着露水，
扬不起尘土，
脚伕唱着：
"白面长来蒸馍软，
端起饭碗想起刘志丹……"

隐隐混混

听见——

乡亲们都打听，

从延安才上来的脚伕

报告音讯：

"毛主席坐飞机回来了！

毛主席给咱们谋虑和平……"

我看见白发欢喜地摆动，

我看见皱纹笑成高兴的花儿。

二

我们是下乡的选举工作团，

我们把六天的路程，

踏大站缩成五天，

天不黑我们不落脚，

鸡叫了我们就出店。

大月亮搁在山巅的城头上，

从城垛里射出光线，

隔壁房檐下门口边，

白发老婆婆，

和她的媳妇、孙女，

坐在草笆上拆棉花。

月色罩白了河水，

月光洒上白头发，

月光逗弄着白棉花。

凉飕飕的秋风，

送过来老婆婆的话——

"自从毛主席来到这塔，

就叫咱们种棉花，

以往我们不知道种：

只说是能种老祖先们还不种……"

"老人家！

选举情形怎么样？"

哦哦，你看她张开缺牙的嘴，

她说农民的眼睛可亮的大！

"选的人，

咱们要在好的里边挑好好，

这就好比是扬场：

扬出来的是圆晃晃的大颗颗；

秕秕吹在下风里。"

听说我们是选举工作团，

他嘱咐我们好好价闹宣传……

1945 年

原载 1945 年 11 月 13 日延安《解放日报》

爱

侯唯动

我骑马从路边走过，
果园里一位姑娘采摘苹果，
我说：我口渴了，姐妹！
给不给我一颗？

她从右肩回望，
羞涩而欣悦地一笑，
她的肩膀没入叶荫了
捧出一枝金苹果。

我从鞍上一欠身，
她伶俐地往上一递，
我的目光像是很重，
压得她低朦了眼睛。

哦，趁藏躲闪的当儿，
我更仔细地打量她，
双辫自鬓角而下，
够着她初熟的乳房。

她装作挥打飞来的白蝴蝶，
巧妙地向我一瞥，
就像轻吻她苹果似的脸蛋。

她说，你下来吧，
在我林荫里去乘凉，
我要借用你的佩剑，
修整那一畦花朵更好看。

我虽说早想走了，
人家好意难拗拂，
呀，她拿去佩剑不见了，
我追踪只有听取她唱的歌。

她斩了一颗向日葵回来了，
我心想你莫怀疑，
我是在看这朵花呢，
并不是看你。

她取下了印花头巾，
听我给她拢束上这条羊肚白的，
她像露西亚的姑娘了，
当她笑脸刚起我就吻吸那可爱的酒窝。

好了，满意这艳遇，

骑马离开她要回军营去，

她说村里门前有一枣树的是她家，

再过时请吃一杯苹果熬煮的茶。

原载《诗垦地》1943 年 3 月 1 日第 4 辑

儿子的歌

胡代炜

我不会写赞美诗来颂扬母亲的爱
然而，我没有忘记母亲呀
那为别人的幸福而劳碌一生的瘦脸
那明朗的纯朴的夹着痛苦的语言呀

我活过十八年在那绝望的土地上
赖着母亲的庇护
母亲好像是一座巍峨的高山
替我挡住险恶的风暴
又像一支韧性的橡皮管
将爱的种子注入我的血液

饮着无比的辛酸
母亲不断地给我以教养
给我受伤的心灵以温润
这些将永远在我的生命中发光
从母亲的笑里
我领悟到人间的爱如此地深远

从母亲的泪里
我探知了痛苦的根源

为了爱的追逐

和痛苦的弃绝

我离开了母亲

奔向新世界的门槛

现在，我工作着

为了千万儿子的母亲

和千万母亲的儿子的幸福

当我想到母亲时

心里总觉得慰安

让母亲在无底的忧虑里

也想到儿子而高兴吧

我不会写赞美诗来颂扬母亲的爱

然而，我用严肃的工作，作为

对母亲最大的赞美

1941 年 4 月 15 日于陕甘宁边区银行绥德分行

原载绥德《新诗歌》1941 年 9 月第 4 期"反德援苏特辑之二"

我回来了
——红军西征纪事

胡征

一　沙漠的海

我带了彩的那个秋天的夜晚
骑着栗色的马
在旷阔的沙漠上
孤独地颠簸着

沉重的马蹄
踏着寂静的夜
我疲倦的眼睛
是更模糊了

沙漠的大海上
看不见秋天的蝈蝈
和成群的雁
看不见一点灯火
一个旅行人
沙漠的大海上
一切生灵都没有了
只有那
阴险的大风沙

在洞黑的夜海里

大步横行

可是沙漠的大海上

昨天

有我们的队伍走过

队伍走远了

追兵来了

而我呀

孤独地落在沙漠上

二　夜风

听：远处

又有大风沙的呼啸声

马抬起头

胆怯地站住了

我跳下来

抓紧缰绳

探听那大风沙的方向

来了——那风

那沙漠的统治者

那夜的獠牙

挟着沙粒

挟着黑色的死气

挟着恐怖与疯狂

从很远的夜的边沿

急速地飞来了

风声撕裂着夜空

飞沙激烈地呼喊着

我的马

扬起脖子嘶叫着

我用右手

抱紧马的颈项

那野性的风沙刮着鬃毛

乱打我的眼睛

我最后的忠实的伙伴呵

在今夜险恶的风沙里

你我的力量是孤单的

你用你跳动的脉搏

温暖着我受伤的手

我用我的生命

温暖着你颤抖的呼吸

三　昨天，我们三个

昨天，敌人把我们

围困在百里外的沙堆上

凭我们勇敢的骑兵连

卫护着司令部

冲出了五道重围

而敌人的马队追来了

于是，我们奔散在

这辽阔的沙漠上

只剩下我们三个彩号了

我们思念你

司令部的同志

连队的同志

我们思念你

没人知道的

深埋于沙漠的弟兄们

在这漫长的夜路上

如同大车失掉了轮子

我们失掉血肉相关的队伍了

我们五天没停止过急行军

三天没喝一口水

饿了，嚼着炒树皮

渴了，吸吮着唾沫

唾沫吸干了

嘴唇焦裂了

我们呵

还得奔走在干燥的沙漠上

这天上午

我们望见那

很远的蓝天下面

有一条河

那蛇形的曲线

在太阳下面闪着光

多好呵

那流淌着的水

那快乐的河

像追赶敌人

像去抢夺一座胜利的城

我们勇敢而狂热地

奔向那河

跟我一道的

那带着重伤的小鬼

和年青的司号员

傻气地唱着歌

他们把

沙哑的家乡歌声

投向那远处的河

太阳快落的时候

我们赶到了

但是

那里没有河

只是一片

散布着发光的石块的大沙漠……

烟似的远梦破灭了

我们的希望

破灭在沙漠上

三双被欺骗的眼睛

互相干望着

我们需要一滴水呀

我们夺回过无数的城堡

我们在几次大围剿里

杀退过无数敌人

而今后

我们还要活下去

我们还要打下去

我们不能平白地埋在沙漠上

于是决定用刺刀挖一个井

我们又把希望

灌进大沙漠

从黄昏开始挖起来

沉寂的黑夜

只有干燥的沙粒沙沙地响

只有我们的咳嗽和叹息

半夜时，司号员发狂地大叫着
"指导员，有水啦，
底下的沙是潮湿的!"
但黎明前的风沙呵
又把我们的小井掩埋了

白天
太阳燃烧着
白天
我们的血液
蒸烤在沙漠上
白天啦
我那最后的两个重伤同志
渴死在沙漠上
永别呵
渴死在沙漠的好兄弟
没有花圈
没有一滴泪
我把昨夜抓起的
潮湿沙粒
抹在他们干裂的嘴唇上
当作祭礼
我咬紧牙
摘下他们最后的三颗子弹

走向这沙漠的夜……

四　枪声

漆黑的夜

大风呼号的夜

沙漠的夜是子弹穿不透的

现在大风已经过去了

而我栗色的马

怎么不走了

我的曾经在蒙古草原上

奔驰过的马

曾经背着我

抢夺过敌人关卡的马

曾在金沙江的悬崖上

迎着江风呼啸过的马

今夜是如此地疲乏呵

暗淡的星星

不安地颤栗着

我的马的脚步

是更沉重了

我摸出一块炒树皮喂了它

我仰望着北斗星

迟慢地前进

忽然
前面一声枪响
我慌忙拿起自己的枪
这太猛的动作碰在伤口上
枪在我发抖的手里滑下去
我的马
吃惊地暴跳了
我一阵昏迷跌倒了
我的意识模糊了

五 我醒来

我醒来
乳白的曙光
照在沙漠上
我的马呵
怎么不见了
我站在黎明之下
向四面探望
呼唤我最后的伙伴
我的呼唤已变成呜咽了

背起我的枪

检点了挂包和零件
什么也想不下去呵
我跛着腿
一个人
孤独地走起来

初升的太阳
照着我低垂的脸
太阳把我瘦长的影子
映在惨白的沙漠上

我偶然抬起头
望见东方一个沙堆那边
露出军用帐篷的尖顶子
——报仇的时候到了呵
我端起枪
装上最后的子弹
走向大沙堆
而我看见了
沙堆下面
有一池清凉的水
我的栗色的马
在水边低头啃着草
我又看见
司令部的炊事员

和放哨的同志
在绯红的太阳下
微笑着走向水边来
…………

我的苦难的伙伴
我的最亲最亲的同志呵
我走过了艰难的夜
大风沙的夜
我走过了险恶的夜
孤独的夜
我走过了没有光的夜
没有水的夜
渴死人的夜
我受尽了孤独的折磨
夜的折磨
我受尽了脱离党的苦痛
脱离队伍的苦痛
脱离同志的苦痛
现在
我随同黎明的启程
随同太阳最早的光辉
找到了队伍
找到了母亲
我呵

我回来了……

1942 年 1 月 23 日于延安雪夜

录自《主席台》,新文艺出版社 1954 年 3 月版

我们笑了

贾芝

谷子糜子熟得如黄金，
你不相信自己；
明白的是，

     你也年轻，

     我也年轻，

     他也年轻，

谁都是年轻轻的，
年轻的，有自己的骄傲，
年轻的，有热，和力。

如说古代的点金术，
手指触了河水，
河水变了金的，
手指触了树枝，
树枝变了金枝，
我们笑着说，
我们有这样的魔力，
我们的劳动，
使我们得到要得的东西。

春天，我们工作在一起，

我们快乐在一起，
我们面对自然，
开拓人类的手
从未垦过的
颜面苍老的荒山；
而秋天，
熟了的谷子和糜子
和阳光一样的颜色……

我们年轻的
相信自己手下
撒播的种子，
知道自己的船只
漂哪一个海。

我们今年吃着
自己手种的小米，
我们生产委员会的主任，
那戴墨镜的老头儿，
笑得和我们一样年轻。
他说：
"我们还有西葫芦、
黄瓜、茄子，
还有豆角、辣椒、莴苣，
还有夏白菜、秋白菜，

水萝卜、菠菜、洋芋，

偌大偌大的南瓜。"

他乐得比了一个手势，

大的，更大的圈儿；

他笑得和我们一样年轻。

1939 年 12 月

原载《中国文化》1940 年 4 月第 1 卷第 2 期

拦　牛

贾芝

两山之间
广阔悠长的绿色的草原；
草原上，
李有福，
你拦着你们的
合村的牛群。

北方的秋天的高空
是那样蓝。
李有福
你的鞭子，
是结结巴巴的桃木做成的；
它躺在你的臂上，
一声不响。

赤脚在湿草上，
李有福，
你的短髭的黎黑的面孔，
你的可爱的无限的忠诚；

你也一声不响，

看着你的牛群。

你头上挽着白毛巾，
你们陕北妇女的头上
有黑纱巾。
你爱你管辖下的
每一条牛，
从早上，
你集合它们，
到草地上去。

牛有黎黑的，白斑的，
深黑紫黄的，
牛有各色各样的牛，
散在草地上。

它们中间，
哪一条小牛哞地叫了一声，
清脆的，像青草一样青。

小牛是调皮的，
你看它蹦跳着，
用刚生的小角
去吓送饭的孩子。

耐烦的工作着的人，
你在外边消磨一整日，
清晨走出来，
晚上才回去。

你一直要到十月天才完工，
可爱的牛群
要像风景画一样地
几个月地放在草地上；
到冬天，才赶进
各家有各家的牛棚。

1940 年 7 月 8 日

原载 1942 年 5 月 8 日延安《解放日报》

冬夜之歌

井岩盾

树木的叶子又已凋零，
入眠的土地上
又呼啸着寒冷的风；
在一切都睡去的夜晚，
这宇宙的音乐啊，
流浪的时候会使我感到孤单，
而现在，
它使我感到了温暖和安宁。

我爱在这样的夜晚醒来，
听风的呼号，
听窗纸的跳动，
听和我拥挤着的
同志们轻轻地呼吸，
我感到温暖了，
我感到像在孩子时候，
睡在祖母身边一样舒适。

啊，我最初的甜蜜的记忆，
就是在寒冷的冬天，
狂风吹折树木的夜晚，

睡在祖母的身边，

看着通红的炭火，

听祖母用温柔的言语，

述说过去。

现在，

树木的叶子又已凋零，

入眠的土地上

又呼啸着寒冷的风，

在一切都睡去的夜晚，

这宇宙的音乐啊，

流浪的时候曾使我感到孤单，

而现在，

它使我感到了温暖和安宁……

1940 年 11 月于延安

原载《中国青年》1941 年第 3 卷第 4 期

小盲女

柯蓝

你每天呆呆地坐在这里，
迟缓地蠕动你
细小灰白失明的眼珠。
不幸的小盲女哟！
你哀静地思索什么？

你是在想你的眼睛，
假如有一天忽然明亮；
你要凝视那世上
最瑰丽的红色？

你是在想你的眼睛，
假如有一天忽然明亮；
你要跑到有太阳的河边
去洗濯你的小手？

或者
你是在想你的眼睛，
如果没有那次不幸，
你要劳作，
绝不会坐在这里，

用无声的太息

去填补生命的空白……

1942 年改成

原载 1942 年 4 月 28 日延安《解放日报》

延安与中国青年

柯仲平

一　延安问

青年！中国青年！
延安吃的小米饭，
延安穿的麻草鞋，
为什么你爱延安？

二　青年答

我们不怕走烂脚底板，
也不怕路遇"九妖十八怪"，
只怕吃不上延安的小米，
不能到前方抗战；
只怕取不上延安的经典，
不能变成最革命的青年。

哪怕我们的课堂在露天，
我们的凳子——一块砖，
我们的桌子——两腿上面搭着一块小木板；
我们学得多么乐、多么欢：
我们的教员是英雄，

曾毕业在草地雪山。

我们也学种菜、学背柴，
还到乡村里宣传：
多流一滴汗，
多学得一点马列，
多到群众里工作，
多学得一些群众观点。

深更半夜，工作归来，
头顶明月，脚踩沙滩，
哼着歌子，绕过延水边——
呵！唱不尽的是革命，
看不厌的是明月，
我们年轻人的热情，
好比流不尽的水，
留连，留连，
夜深了，还在延水边留连。
忽见中央机关那一面，
还有星星大的灯光三五点，
那分明是老干部还在窑洞里埋头苦干，
又才警觉到战斗的明天。
明天，明天同样是战斗地学习，战斗地
工作，战斗地生产；
战斗的青年，

要带着毛主席给的法宝，

到前线，

到广大的民间。

三　延安做总结

呵！青年！青年！

勇敢的中国青年！

多情的中国青年！

你穿破了延安的草鞋，

你取得了一些活生生的革命经典，

你吃饱了延安的小米饭，

你有了一个能思想的脑袋。

你呀你，你前进！

你将开花在华北华南，

结实在鸭绿江边，

青年！你可爱的中国青年！

1939 年秋在延安

原载《中国青年》1939 年第 10 期

悼星海

柯仲平

星海！星海！

你的短歌——

手榴弹，

你的大合唱——

暴风雨一般，

你的民族交响乐

雄壮如中国的长江大海，

中国的峻岭高山，

你，中国人民的超等歌手，

你，聂耳后的一大天才！

你为人民创造了

手榴弹，暴风雨——

一个音乐的世界，

你还不自满，

你还要到苏联

为人民创造千万口无数的宝剑；

因为还有人民的强敌，

抖威风在人民的面前。

星海！星海！

你那熔炉中的火，

还在燃烧着，

你那铁砧上的钢，

红得还像火：

人民的仇敌，也还像

害死你的肺病虫子那样多，

但是呵，你已经不能不停止工作，

你铸剑的工作！

我们也已经不能不为你唱一曲哀歌！

不能不为你唱一曲哀歌，

不能不加紧完成你的工作！

原载 1945 年 11 月 16 日延安《解放日报》

告同志

——庆祝党的六中全会

柯仲平

啊同志们！战呵战！
战到黄昏后，
夜吗夜深沉，
西不见长庚，
东不见启明，
我们指着北斗星前进；
在那夜深沉的时候，
我们党中央是北斗星。

啊同志们！战呵战！
你好好掌舵，
我好好摇桨；
不怕暴风暴，
不怕狂浪狂；
我们中国共产党，
越在危急的关头上，
越有坚定的方向。

啊同志们！我们有
一致的方向，
一致的主张，

我们的团结，

像五个指头

共一只强有力的手掌：

每一个同志都在自己的岗位上，

个个同志的岗位都朝中央。

啊同志们！中央说：

持久战线上，

有不少困难；

靠党的领导，

去克服困难。

群众如水党如龙，

能号召起广大的群众，

党的主张就一定能成功。

啊同志们！中央说：

我们要巩固

统一战线的桥，

我们要开辟

民主共和国的道；

再走再走嘛，

就到"自由的王国"了。

我们响应党伟大的号召！

啊同志们！战呵战！

从黄昏战起，

战到夜深沉，

再从夜战起，

战到大天明；

战场上有退有进，

我们共产党的主张不胜利，

我们永远都不收兵！

1938 年 11 月

原载《文艺突击》1938 年 11 月第 1 卷第 2 期

老梢公

蓝曼

寒星儿还懒得离去，
晨风已扑到脸上。
部队到了黄河岸，
多么静，只有水流响……

河面浮着一层薄雾，
木船在黄浪里起伏。
老梢公急摇着橹，
在浪花中开出道路。

他脸上深深的皱纹，
挂不住流淌的汗珠。
他满心的笑意
拨开满面的尘土

水流急撞波浪翻腾，
好像反扑上来的敌人。
他拨开了巨浪前进，
宛如指挥员那么镇静。

他说一句平常的话，

能使人们惊慌或平静。
他那一支坚强的橹，
决定着全船的命运。

他在这个河口上
已经度过了二十年。
溜溜的黄河水呵，
流不尽他的哀怨：

在一粒不收的荒年，
三天吃不上一顿饭。
他扎紧自己的腰带，
摇过投机商的运粮船。

当霜花在枝头挂满，
薄冰封冻在河边。
他穿着露体的衣服，
把毛皮商渡到东岸。
黄水流白了他的头发，
根根白发记下重重的灾难。
他也曾有过小小的希望，
但希望又多么遥远。

二十年呵，二十年，
等待已久的部队来到岸边。

他从来没有像今天
心花开得如此灿烂。

他把木船靠了东岸，
喜悦穿过他的泪眼。
他沉默着站上河沿，
这沉默正是他热烈的语言。

我们向他举起手：
"老伯伯，再见！"

1945 年

录自《老梢公》，中国青年出版社 1956 年版

再见，延安

蓝曼

一

再见了，延安！
再见了
清凉的延河！
再见了
古老的城垣！
再见了
常有雄鹰歇落的
宝塔山的塔尖！

二

我的心胸这样清朗，
因为我喝过延河的水呵！
我的身体这样健康，
因为我吃过杜甫川的小米呵！
我是在这个大摇篮里
生长起来的。
毛主席亲手推过摇篮，
延河给我唱过催眠曲……

在这个苗圃里，
我像一棵刚出土的小苗，
第一次看见世界
沐浴着温暖的阳光。
现在我已经变成
一棵高大的山松，
能抗御严寒
经得住疾雨和暴风。

如今我要离开这里，
远远地走上前方。
像孩子第一次出门，
远离开家乡；
像一只年轻的鹰
第一次出巢飞翔。

为完成光荣的任务，
我的心情是愉快的。
但在愉快的心情里
多少也夹杂着离别的悲怆……

三

再回过头去，望一望，

延河还长长地伸出臂膀。
塔尖上的雄鹰
正向我投过希望的目光。

舍不得你呵，
印着我的脚印的沙滩！
舍不得你呵，
供我洗涤的延河水！

"桃林"春天的花朵
在我眼里永不凋落。
我的耳边永远响着
动听的山歌。

难离这美丽的清凉山！
难离这庄严的古城！

我再把行李背起，
把毛主席的话又默会一次。
不由得转过头
向延安做最后的注目礼！

1945 年

录自《延安文艺丛书：诗歌卷》，湖南人民出版社 1984 年 3 月版

山之歌

黎帆

从几世纪的尘风中，
山快活地笑了，
山快活地唱了。

任重炮弹，
像暴雨似的落下，
任烟云再深，
年轻的力量
依然跳跃在山的胸膛，
山兴奋地笑了，
山兴奋地唱了。

年轻的队兵们
唱着歌——
从这一座山
搏战到那一座山；
他们更迈着步，
从石山的山巅，
走向群众的山。
山更加兴奋地笑了
山更加兴奋地唱了；

中国的土地，

中国的人民，

中国的战士，

你、我、他，

我们共一个强大的力量

同敌人搏战到永远……

原载延安《新诗歌》1940 年 10 月第 2 期

山野间的歌舞

李方立

一

山野间的广场上，
响着口琴声，
不知是哪个机关的表演队，
在那里跳起了秧歌舞，
朝那里去的山路上，
沸腾着喇叭声、锣鼓声，
群众喧噪地前进着，
好像无数条江河，
哗哗地流向湖沼。

我加紧脚步向那里跑去，
风如同轻柔的
伶俐的羽翼，
掠过我的面庞，
掠过我的胸膛，
掠过我的摇摆着的胳膊。

二

我仿佛站在酒坛旁边了，
一种浓烈的气息，
熏染着我，
像在一座颓废的花园里，
看见狼藉着瓦片的地面上，
生长出鲜艳的花草。
我看见，我看见
中国像一个巨人，
带着笑容，
站立在我的面前。

三

中国呵！
我觉得你过去，
是一个寒冷的冰窖——
农夫带着整天的疲劳，
在黄昏里，
把耕牛牵到河边去饮水，

人民
在衙门外流着眼泪，

在衙门内受着楚刑；
游行着的行列里的
那写着标语的小旗，
被撕碎在街道上……

四

啊！
群众越来越多了。
这是乡下来的表演队，
一个农妇
头上包着黑布巾，
脸上染着锅墨。
她挥一挥手臂，
扯了扯衣襟，
眼睛向那个老汉一瞥，
手指指向身旁的孩子：
"什么民主，
不准去选举，
快去放牛吧！"
可是，她暗暗地笑了，
她意识到是在表演，
怕人们误认她真的顽固呀。

五

人们从这边走到那边，
人们从那边走到这边；
扬起脚跟，
扬着脸，
把头插在簇拥着的
人群的肩膀中间向里观望。

人们，握下手，
打声招呼，
匆忙地分手了。

青年剧院的舞蹈队，
从会场的入口处，
那用柏枝编扎的门栏里，
踩着口琴的节拍，
回旋着舞来。

狂奔涌来的观众，
拥塞住了他们的去路，
他们像被闸板逼住的小河，
就地舞蹈……
弹簧伸缩似的脚步，

鸽子展翅似的手势，

灯亮似的目光，

水波似的呼吸。

编织在队流里

是一团人类的花簇呀！

看，

一个男孩，

从舞伴中间穿过，

在一个女孩脸上吻了一下，

肩并着肩舞到中间去了。

我年幼的时候，

听过讲天使的故事，

而在梦里，

也寻不到他们，

你们就是我那时，

所想会见的天使吗？

六

一群蒙古人，

带了鸡冠帽，穿着红袍，

随着喧噪的喇叭声，

沿着会场边缘走过。

脱落下来的观众，

转过吃惊的面孔，

朝会场中央走来……

日本工农学校的表演队，

表演着岛国的舞蹈，

像樱花时节一样，

狂热地高呼着：

拥护民主，

打倒法西斯的口号。

他们曾托着锋利的枪刺，

呼喊着向我们冲杀过，

现在呵！

在他们口里唱着的

是这动人的赞歌。

七

会场仿佛是一架风车，

无数的齿轮在旋转，

人们从这边走向那边，

从那边走向这边。

握下手，打声招呼，

一只一只摆动着的胳膊，

从我身边掠过，

总似有一副笑脸，

在我们面前浮动着。

啊！中国，

是你呀！

在那表演的村妇头上，

你笑着；

在那青年歌舞队的步流中间，

你笑着；

在那蒙古兄弟的呼喊声里，

你在笑；

在那日本工农学校的歌唱里，

你在笑。

旗子上的字行，

是你的笑纹；

演奏的音乐，

是你的笑声。

八

"庆祝大会开始！"

这一声浪涛似的昭示，

会场里的喧噪，

立刻停止，

如同一架留声机，

取去了唱针。

好像无数的船只，

摇晃着桅杆泊近码头，
竖立着旗帜的
群众的行列，
排列在主席台前。
好像浓密的叶丛，
被风吹得哗哗发响，
群众向报告者鼓掌。

参议员席上，
缠过小脚的乡下女人，
挨着穿过高跟鞋
在都市里生活过的女子；
穿着草鞋的青年学生，
挨着服装整齐的兵士；
带着旱烟袋的老头子，
挨着使人敬佩的学者；
工人，挨着绅士；
那蒙古人，回族同胞
日本同志森健……
肩并肩地坐在一起。

在他们背后，
无数的行列前头，
排列着的军乐队，
奏出和谐的音乐，

由于太阳光的照射，

放散出一团不可扑灭，

不可分解的光辉。

1942 年 9 月

录自《高原的月》，文化工作社 1951 年版

原野小歌

李雷

我巡行

在祖国的原野，

祖国的原野上麦苗青了，

菜花黄了。

原野的河滨，

吹着柔丝般的细雨和微风

吹来牧人的歌

和羊铃，

也吹动河岸的杨柳呵，柳青青。

那麦地旁边土丘上

有一座泥土盖成的很小的小窝棚，

它好像在守卫着

祖国的原野

不，

它好像沉睡在细雨和风里，

它好像

在袅袅的微风中，

做起风雨飘摇的梦。

一个骑白马的战士，

从河边的细雨和微风里

翩跹而来，

到那小窝棚的旁边，

站下，

又过去了。

一个撑红伞的人，

来到那小窝棚的附近，

也站下又过去了，

向那吹在河边的微风和细雨里徐徐而行。

但，不久，有一个背负着包裹的来客，

像狼似的

从雾气蒙蒙的山谷里走出来

没有过去。

从那沉睡般的小窝棚里

发出一个尖锐的呼喊：

"捉住，你哪里逃？"

于是我瞥见一个拿刀的男娃

和一个手持红缨长枪的女童簇拥着一个奸细

走向河边的袅袅微风和细雨中。

我巡行在祖国的原野，

祖国的原野上麦苗青了菜花黄了。

原野的河滨，

吹着柔丝般的细雨和微风，

吹着那童女的头发

和金枪的红樱，

也吹动那河岸的杨柳呵，柳青青。

1940 年 5 月写于晋西北。改抄于延安

原载延安《新诗歌》1940 年 12 月第 4 期

王贵与李香香（节录）

李季

第一部

二　王贵揽工

王麻子的娃娃叫王贵，
不大不小十三岁。

崔二爷来好打算，
养下个没头长工常使唤；

算个儿子掌柜的不是大，
顶上个揽工的不把钱花。

羊羔子落地咩咩叫，
王贵虽小啥事都知道。

牛驴受苦喂草料，
王贵四季吃不饱。

大年初一饺子下满锅，
王贵还啃糠窝窝。

穿了冬衣没夏衣。
六月天翻穿老羊皮。

秋天收庄稼一张镰，
磨破了手心还说慢。

冬天王贵去放羊，
身上没有好衣裳；

脚手冻烂血直淌，
干粮冻得硬邦邦，

心想拔柴放火烤，
雪下得柴儿点不着了。

马兰开花五瓣瓣，
王贵揽工整四年。

冬雪大来年冬麦好，
王贵就像麦苗苗。

十冬腊月雪乱下，
王贵想起他亲大；

老牛死了换上牛不老，
杀父深仇要子报。

三　李香香

百灵子雀雀百灵子蛋，
崔二爷家住死羊湾。

死羊湾前沟里有一条水，
有一个穷老汉李德瑞。

大河里涨水清浑不分，
死羊湾有财主也有穷人。

白胡子李德瑞五十八，
家里只有一枝花。

女儿名叫李香香，
没有兄弟死了娘。

脱毛雀雀过冬天，
没有吃来没有穿。

十六岁的香香顶上牛一条，
累死挣活吃不饱。

羊肚子手巾包冰糖，
虽然人穷好心肠。

玉米结子颗颗鲜，
李老汉年老心肠软。

时常拉着王贵的手，
两眼流泪说："娃命苦！

"年岁小来苦头重，
没娘没大孤零零。

"讨吃子住在关爷庙，
我这里就算你的家。"

刮风下雨人闲下，
王贵就来把柴打。

一个妹子一个大，
没家的人儿找到了家。

第二部

一　闹革命

三边没有树石头少，
庄户人的日子过不了。

天上无云地下旱，
过不了日子另打算。

羊群走路靠头羊，
陕北起了共产党。

领头的名叫刘志丹，
把红旗举到半天上。

草堆上落火星大火烧，
红旗一展穷人都红了。

千里的雷声万里地闪，
陕北红了半个天。

紫红犍牛自带耧，
闹革命的心思人人有。

前半晌还是个庄稼汉，
黑夜里背枪打营盘。

打开寨子分粮食，
土地牛羊分个光。

少先队来赤卫军，
净是些十八九的年轻人。

女人们走路一阵风，
长头发剪成短缨缨。

上河里涨水下河里浑，
王贵暗里参加了赤卫军。

白天到滩里去放羊，
黑夜里开会闹革命。

开罢会来鸡子叫，
十几里路往回跑。

白天放羊一整天，
黑夜不眨一眨眼。

身子劳碌精神好，
闹革命的心劲高又高。

五个手指头不一般长，
王贵的心思和人不一样。

别人的仇恨像座山，
王贵的仇恨比天高：

活活打死老父亲，
而今又要抢心上的人！

牛马当了整五年，
崔二爷没给过一个工钱。

崔二爷来胡打算，
修寨子买马又招兵。

地主豪绅个个凶，
崔二爷是个大坏蛋！

庄户人个个想吃他的肉，
狗儿见他也哼几哼。

众人向游击队长提意见，

早早地打下死羊湾。

心急等不得豆煮烂，
定下个日子腊月二十三。

半夜先捉定崔二爷，
到天明大队开进死羊湾。

定下计划人忙乱，
——后天就是二十三。

三　红旗插到死羊湾

队长的哨子呼呼响，
挂枪上马人人忙。

听说王贵受苦刑，
半夜三更传命令：

"王贵是咱好同志，
再怎么也不能叫他把命送！"

二十匹马队前边走，
赤卫军、少先队紧跟上。

马蹄落地嚓嚓响，
长枪、短枪、红缨枪。

白生生的蔓菁一条根，
庄户人和游击队是一条心。

听见枪声齐下手，
菜刀、鸟枪、打狗棍；

里应外合一起干，
死羊湾闹得翻了天。

枪声乱响鸡狗乱叫唤，
游击队打进了死羊湾。

崔二爷在炕上睡大觉，
听见枪声往起跳。

打罢王贵发了瘾，
大烟抽得正起劲；

黄铜烟灯玻璃罩，
银镶的烟葫芦不能解心焦；

大小老婆两三个，

哪个也没有香香好!

肥羊肉掉在狗嘴里头,
三抢两抢夺不到手。

王贵这一回再也活不成,
小香香就成了我的人。

越想越甜赛砂糖,
涎水流在下巴上。

烟灯旁边做了一个梦,
把香香抱在怀当中;

又酸又甜好梦做不长,
噼啪噼啪枪声响。

头一枪惊醒坐起来,
第二枪响时跳下炕。

连忙叫起狗腿子,
"关着大门快上房!"

"哪边过来哪边打,
一人赏你们十块响洋。"

人马多枪声稠不一样，
崔二爷心里改了主张；

朝霞满天似火烧，
崔二爷从后门溜跑了。

太阳出来天大亮，
红旗插在山畔上。

太阳出来一朵花，
游击队和咱穷汉们是一家。

滚滚的米汤热腾腾的馍，
招待咱游击队好吃喝。

救下王贵松开了绳，
同志们个个眼圈红。

把王贵痛得直昏过，
香香哭着叫哥哥：

"你要死了我也不得活，
睁一睁眼睛看一看我！"

四　自由结婚

太阳出来遍地红，
革命带来了好光景。

崔二爷在时就像大黑天，
十有九家没吃穿。

穷人翻身赶跑崔二爷，
死羊湾变成活羊湾。

灯盏里没油灯不明，
庄户人没地种就像没油的灯；

有了土地灯花亮，
人人脸上发红光。

吃一嘴黄连吃一嘴糖，
王贵娶了李香香。

男女自由都平等，
自由结婚新时样。

唐僧取经过了七十二个洞，

他们俩取的折磨数不清。

千难万难心不变，
患难夫妻实在甜。

俊鸟投窝叫喳喳，
香香进洞房泪如麻。

清泉里淌水水不断，
滴湿了王贵的新布衫。

"半夜里就等着公鸡叫，
为这个日子把人盼死了。"

香香想哭又想笑，
不知道怎么说着好。

王贵笑得说不出来话，
看着香香还想她！

双双拉着香香的手，
难说难笑难开口：

"不是闹革命穷人翻不了身，
不是闹革命咱俩也结不了婚。

"革命救了你和我，
革命救了咱们庄户人。

"一杆红旗要大家扛，
红旗倒了大家都遭殃。

"快马上路牛耕地，
闹革命是咱们自己的事。

"天上下雨地下滑，
自己跌倒自己爬。

"太阳出来一股劲地红，
我打算长远闹革命。"

过门三天安了家，
游击队上报名啦。

羊肚子手巾缠头上，
肩膀上背着无烟钢。

十天半月有空了，
请假回来看香香。

看罢香香归队去，
香香送到沟底里。

沟湾里胶泥黄又多，
挖块胶泥捏咱两个；

捏一个你来捏一个我，
捏得就像活人脱。

摔碎了泥人再重和，
再捏一个你来再捏一个我；

哥哥身上有妹妹，
妹妹身上也有哥哥。

捏完了泥人叫哥哥，
再等几天你来看我。

第三部

二　羊肚子手巾

崔二爷他把良心坏，
李德瑞支差一去不回来。

老雀死了公雀飞出窝，
香香一个人怎过活？

有心去找游击队，
狗腿子照着走不开。

又送米来又送面，
崔二爷想把香香心买转；

请上这个央那个，
一天来劝两三遍；

硬的吓来软的劝，
香香至死心不变；

一天哭三回，三天哭九转，
铁石的心儿也变软。

人不伤心不落泪，
羊肚子手巾水淋淋。

羊肚子手巾一尺五，
拧干了眼泪再来哭。

房子后边土坡坡，

瞭见寨子外边黄沙窝。

沙梁梁高来沙窝窝低，
照不见亲人在哪里。

房子前边种榆树，
长得不高根子粗；

手扒着榆树摇几摇，
你给我搭个顺心桥！

隔窗子瞭见雁飞南，
香香的苦处数不完。

人家都说雁儿会带信，
捎几句话儿给我心上的人：

"你走时树木才发芽，
树叶落净你还不回家！

"马儿不走鞭子打，
人不能回来捎上两句话；

"一圪塔石头两圪塔砖，
你不知道妹妹怎么难；

"满天云彩风吹乱，
咱俩的婚姻叫人搅散。

"五谷里数不过豌豆圆，
人里头数不过咱俩可怜！

"庄稼里数不过糜子光，
人里头数不过咱俩凄惶！

"想你想得吃不进去饭，
心火上来把嘴燎烂。

"阳洼里糜子背洼里谷，
哪里想起你哪里哭！

"端起饭碗想起了你，
眼泪滴到饭碗里；

"前半夜想你点不着灯，
后半夜想你天不明；

"一夜想你合不着眼，
炕围上边画你眉眼。

"叫一声哥哥快来救救我，
来得迟了命难活；

"我要死了你莫伤心，
死活都是你的人。

"马高镫短扯手长，
魂灵儿跟在你身旁。"

刘二妈来好心肠，
香香难过她陪上。

得空就来把香香劝：
"可怜的娃娃不要伤心！

"有朝一日游击队回来了，
公仇私仇一齐报；

"活捉崔二爷拿绳绑，
狗腿子白军一扫光！"

三十三颗荞麦九十九道棱，
伤心过度香香得了病；

天不下雨庄稼颜色变，

面黄肌瘦变了容颜。

带病做了一双鞋，
含着眼泪交给刘二妈：

"刘二妈！这双鞋托付你，
我死后一定要捎给他。

"送去鞋子把话捎：
他只能穿我做这一双鞋子了！"

三　团圆

崔二爷来发了火：
"死丫头这样不抬举我！"

黑心歪尖赛虎狼，
下了毒手抢香香。

七碟子八碗摆酒席，
看下的日子腊月二十一。

崔二爷娶小狗腿子忙，
坐席的净是连排长，

当兵的每人赏了五毛钱，
猜拳赌博闹翻天。

香香哭得像泪人。
越想亲人越伤心。

红绸子袄来绿缎子裤，
死拉硬扯穿上身。

香香又哭又是骂：
"姓崔的你怎么不娶你老妈妈！

"有朝一日遂了我心愿，
小刀子扎你没深浅！"

听见只当没听见，
崔二爷炕上抽洋烟；

过足了烟瘾去看酒，
推推让让活像一群咬架狗。

你敬我来我敬你，
烧酒喝在狗肚里。

你恭喜来他恭喜，

崔二爷好比是他亲大哩。

崔二爷来笑嘻嘻：
"薄酒蔬菜大家要原谅哩；

"我娶这小房靠大家，
众位不帮忙我没办法。

"本来该叫她来敬敬酒，
酬劳诸位多辛苦。

"脑筋不转只是个哭，
往后闲了再叫她补。

"这个女人生来贱，
看不上有钱的爱穷汉；

"穷骨头王贵争又抢，
胳膊扭大腿他犯不上。

"我和她这婚姻天配就，
东捣西捣没脱过我的手。

"从来肥羊大圈里生，
穷鬼们啥也闹不成。

"说来说去还是我说的那句话：
太阳会从西边出来吗?"

喝酒赌博寨门口没放哨，
游击队悄悄进来了!

枪声一响乱喊"杀"，
咱们的游击队打来啦!

一人一马一杆枪，
咱们游击队势力壮!

大刀、马刀、红缨枪，
马枪、步枪、无烟钢。

白军当兵的哪个愿打仗，
乖乖地都给游击队缴了枪。

点起火把满寨子明，
庄户人个个来欢迎。

连排长没兵酒席桌前干着急，
崔二爷怕得钻到炕洞里。

连长跑了抓排长，
一个一个都捆上。

崔二爷浑身软不塌塌，
捆一个"老头来看瓜"。

连长翻身往外跳，
冷不防被牛四娃抓定了。

听见枪响香香笑，
十成是咱游击队打来了，

人逢喜事精神爽，
翻起身来跳下炕。

走起路来快又急，
看看我亲人在哪里？

队长跟前请了假，
王贵到上院来找她。

满院子火把亮又明，
不见我妹妹在哪里？

远远瞭见一个新媳妇，

上身穿红下身绿。

马有记性不怕路途长，
王贵的模样香香不会忘

羊肚子手巾脖子里围，
不是我哥哥是个谁！

两人见面手拉着手，
难说难笑难开口；

一肚子话儿说不出来，
好比一条手巾把嘴塞。

挣扎半天王贵才说了一句话：
"咱们闹革命，革命也是为了咱！"

1945 年 12 月于陕北三边

录自《王贵与李香香》，东北书店 1946 年版

延安诗钞

良友

窗

我们要有透明的窗子，
窗纸是破碎了，
每当空袭过去的时候。

美丽的云的夏季将来临了，
我们不再糊上新窗纸，
从透明的窗格中，
我们将看见天涯和山下的田野，
绿苗，菜花，小河，
农人和兵士在工作，
老牛像变成耕田的机械了。

那里有一个站在哨岗上的同志，
握着枪像被阳光陶醉了。

笑

"同志！你何时候来延安的？
两年未见了。"

"一月前来的。"

"可是从华北
越过津浦，平汉，同蒲，封锁线，
及黄河？"

"是的。你，你脸上的光明的笑，
坚强的钢铁的笑，
这是我到延安才看见的。"

"你看，你也笑着，
热烈的笑呢。"

冬晨的苹果

青年人在跑步，
钢铁的腿，
是美的规律。
寒冷的空气，
青年人大量地呼吸它。
像柠檬水，
眼光向前瞭望，
整齐的脚步声音，
像歌唱这时代的光明，

在旷场上，
前进。
冬晨像青色的雾，
青年人的红脸，
像在明媚的秋园中，
那上好的金色苹果，
挥发着芳香。

播种

我们把种子
散播在土地上，
我们亲手开垦的土地。

如今土地是多么轻松，
再不像废铁样的坚硬，
盖满了杂草，
和旧时代的忧郁。
那些顽固的砖石，
和过去的黯影都消失了。
春天来了，
老树发出新绿。

我们走在
用自己的力开垦的土地，

那些流汗的日子啊。

走在这柔和纯洁的土地上，

并且在春天阳光中笑着

散播新的种子。

在抗大浴室

这里是

水蒸气的热，

原始的裸体的热。

中华民族

优秀的子孙的热的裸体。

这里是今天

新换的热水。

这热的水

将洗尽了我们过去的

寒冷，梦魇，泥，忧郁，悲剧。

我们挺起胸膛，

血液愉快地流着。

原载《文艺阵地》1939 年 12 月第 4 卷第 3 期

战斗与劳动

林山

我们是不可战胜的民族！
从没有什么疲劳，
从没有什么恐怖，
我们热爱战斗，
也热爱劳动。

在战场上，
我们肉搏、冲锋；
在原野上，
我们把锄头挥动。

百战的胸膛，
血痕斑斑；
粗硬的臂膀，
是精炼的纯钢。

战士用头颅，
保卫着神圣的国土；
劳动英雄的巨手，
创造了新的宇宙。

战斗呀劳动!

劳动呀战斗!

永远不疲劳,

永远不恐怖,

我们是不可战胜的种族!

1939 年 6 月

原载《文艺突击》1939 年 6 月新 1 卷第 2 期

延河散歌

鲁黎

星

星，

各种各样的星，

分布在延河上。

没有星的夜是沉黑的，

然而，星将会出来，

星在永远引导我们前进。

星不是落了，

星不是谢了，

是在引导我们向黎明。

黎明时

有的星老了，

披着白发死去。

而年轻的星奔出来，

天空永恒地飘走着星，

飘流着星的喜悦……

山

在夜里，
山开花了，灿烂地

如果不是山的颜色比夜浓，
我们不会相信那是窑洞的灯火，
却以为是天上的星星。

如果不是那
大理石般的延河一条线，
我们会觉得是刚刚航海归来
看到海岸，夜的城镇的光芒。

河

西北山里的泉水
一滴一滴流到延河。

青年勇士到河边
喝河水，
也喝饱战马，
就急急离开延河去。

延河从早到夜奔波，

奔波到哪里，

奔波到黄河。

野花

野花生长在荆棘里，

好像理想活跃在监狱，

在河边，我们走，

崖上野花向我们点头。

望着野花，

我们不再怕艰难的道路。

野花要结实，

我们的理想就要开花。

1938 年 8 月 25 日

录自《鲁藜诗选》人民文学出版社 1983 年版

泥 土

鲁藜

老是把自己当作珍珠，
就时时有被埋没的痛苦。

把自己当作泥土吧，
让众人把你踩成一条道路。

1942 年 5 月

录自《鲁藜诗选》，人民文学出版社 1983 年版

迎接冬天

鲁藜

听着，在这昏暗的夜里
有风从北方来
风，在树林那边吹着
在门外吹着
在窗口上摇撼着

呀，冬天的风
你是要来访问我吗
请进来
告诉我：冬在的消息

不要吝啬，树林
风在向你请求
把你最后的叶儿
赠送给它吧
让它们互相携着手
在大道上去狂歌，去飞舞
不要怕泥土掩埋
不要怕那层层的冰雪
我们的希望
早在那最寒冷的地方开了花

谁都阻不住北风的运行
这是时代的列车
山脉是它的轨道
峰峦是它的路标

呀，疾驶而去吧
我们信任你
就在那动荡和险戏的颠簸里
不会耽误到达春天的门限

去吧，去吧
狂风，澎湃的风
时代的风
你将吹雪
你将吹落历史的残叶
你将使大地赤裸
大地也将在你的漩流里
带来纯洁和光辉

听着，听着
我以火炬的心
守候着夜，守候着风暴

守候着冬天

守候着黎明

风呀，请告诉冬天
我们伸着勇敢的两手
向它站立着
期待着……

1947 年 11 月 13 日夜
原载 1942 年 11 月 16 日延安《解放日报》

驮盐队的歌

骆文

我回忆驮盐队的故事，
我要为我们最好的伙伴作歌。

从三边回延安的大路，
你一定看见过一趟一趟驮骡，
它们好比古战场的骏马，
头上装戴着红色的璎珞。
——绚丽而琳琅的璎珞。
那丁丁而鸣的颈铃，
——泥土与风沙的键音，
把地显得厚，
把天衬得远，
把长冬道路的寂寞划破。

你要问我们的脚户爱什么，
他第一要夸他的好驮骡。
好驮骡啊，
来来回回受奔波，
从陡峻的山梁通过，
从峭拔的涧谷通过，
在风雪的寒夜，
还要渡水河。

它走得结实啊，

一步，一步，

拍着坚毅而沉重的歌。

我们的队长最爱好驮骡，

他常说：

"庄稼汉喜的是儿女能下地，

磨坊主喜的是推磨的勤快驴。"

只要有几条好牲口，

你看他甩开的鞭子吧，

树枝的积雪都要给鞭声震落。

我们的队长他赶过车，

有一年他把车赶到高墙头①，

打下的粮食缴租缴不够；

坑人利己的东家扣下他的车，

他只得牵着牲口往回走……

第二年他把土地押给了高墙头，

苦苦哀求总算赎出了车，

下一年的租粮哪里缴得够？

狗腿硬把他心爱的牲口套上财主家车！

他呀，

人当老牛把辕套，

---

① 高墙头指地主大院。

汗水泪水一齐流……
后来，世道变了，
一个赶车的农民投奔了红军。
他掐了掐自己的手臂，
不是假梦是真情。

如今，
我们的队长年岁已老，
他的鬓发好比草叶凝上了冷霜，
但他的劳动却和年轻的没两样。
"嘚儿哒啾……"
他看着骡群踉踉跄跄，
他的心像欢乐的喜鹊环绕山羊。

万里边墙万里长，
盐池就在大北方……
于是，他想起土地革命，
那时候白军封锁了我们的盐。

可是今天，
盐，在我们手里，
盐，装在羊毛口袋里，
盐，像小山一样堆在盐栈里。

盐，已经是边区人民的富源了！
党的政策，住到劳动人的家，

那就像，红暾暾的日头照天下。
边区人民从此有了好办法：
打一把镢头去种地，
挑一头牲口走盐池，
"嘚儿哒啾，"
驮盐的人心上开鲜花。
"延安府，三条街，
街街欢迎驮盐的来。"

"延安府，宝塔山，
山山都朝着驮盐的看。"

"从三边，到延安，
翻身的大路走得欢！"

队长笑了
脚户们笑了
我们的驮骡似乎也笑了。
你一定看见过一队一队的驮骡，
你一定听见过驮盐人美丽的山歌，
你一定听说过我们的队长
他爱劳动，他爱生产；
而在咱革命队伍里远不止他这一个。

1942 年冬天，延安

录自《中国四十年代诗选》，重庆出版社 1985 年 9 月版

铁匠担

骆 文

刚到六月，
你便担着那个扁胸膛似的风箱来了。

多寒伧的家业啊……
一肩黑乌乌的东西。
一个烂炭样脏污的小儿，
一个缺腿的铁砧垫在他园园的头颅之下。
而这些，
正是驮过你那瘦削的肩胛的呀，
当你从高墙头的村子走来，
当你从萦丝绕眼的窄路上走来，
当你口渴心潮地
从那菜绿的瓜地走来。

当街檐下你赁了一角地。
你任你的孩子在栈房的蛋窝里打着滚。
于是，你鼓起了风囊，
又开始那贫陋的铁工了……
向着那盆铁树儿似的火
你把眼睛睁得大大的，
你能够希望些什么呢……

熔一点铁

锤上半天。

你的心被夹在钳子上，

你的岁月也吊上零零落落的环钩了。

连棺材钉子的顾客

也有着灰白的卑鄙吝啬的。

人家是像轻贱一张纸尸似的

轻贱你小小手工的啊。

煤块的烟灰熏着你。

生活的烟灰熏着你。

直到它们把你炙成一根

烧焦了的灯芯。

而后，你担着多少把打好的镰刀，

你随着场园上收割新谷的笑

你走了……

你是给那些泅在禾浪里的

农夫农妇们

去钻那多刺的刀口的吗？

你一定是赢得了好的愉快啦……

六月走了，

你就没有回来。

原载 1942 年 5 月 10 日延安《解放日报》

河边的巨岩

宁世

你是上侏罗纪的岩层，

我是新世纪的人，

你有我所没有的风雨的经历，

我有你所没有的说话的声音。

假如你有我的声音，

你会笑我的多么短促的生命，

假如我有你的经历，

我也将自叹不如那银河和星云。

深夜我读着人类的历史，

清晨我在河边向自己发问：究竟是什么真正能够永恒？

一切劳动成果比起自然算得什么——

假如人类不敢于爱和恨？

全部劳动与斗争的故事里，

都泛滥着爱与恨的痕迹！

人在短促的生命中也有他的伟大？

因为他们的劳动和工作曾使热情开过灿烂的花，

而且结下了果实，

播种在后代人们的心田之下。

原载 1946 年 6 月 16 日延安《解放日报》

八路军和蒙古少女

齐鸣

一

太阳烤着绿色的席基滩
烤着黄黄的明沙梁
宛如游泳在湖水中的蛤蟆
战士们成散兵线
爬俯在沙梁上
在沙蒿和宁条的林荫里
聆听着枪响的地方
沉着而又准确的还击

太阳从升起滚到天顶顶
战斗从黎明打到中午
太阳的曝晒
荒沙像熨斗一样烫炽
战士们找不到一口水喝

为了战斗的胜利
任何困难也不畏惧
战士们采嚼着草叶和沙蒿
把喉咙润湿

把精神振起

枪声不歇气地响着
越打越密

二

从那边
远远地
——火线的后面
像一只游弋在海上的远帆
一个轻盈的身影
穿过席基绿海的波浪
勇敢地赶赴前方

她提着一个喇叭形地铜桶
桶里盛满了鲜甜的牛奶
一个长长的辫子
吊在她的背脊
她那乌鸦般油黑的发丝
在微风中飘舞

越接近火线
她走得越急
仿佛在追赶着一位情郎

又好像在逃避枪弹的射击
不！不！
她像是去救护负伤的战士

她悄悄地来到战士身旁
小声而谨慎地向战士打招呼：
"喝奶汁嘛
咱们公家人
咱们八路军的
喝奶汁嘛……"

战士们应声侧过脸
望着送奶汁的少女
望着她手里提着的奶汁
可是，谁也没有离开自己的位置

于是，少女提着奶汁
送到战士们嘴边
这个喝过
又送给那个

"谢谢你的好心肠"
"谢谢你的甜奶汁……"
无数个温情感激的声音
送到少女身边

她笑了
战士们也笑了

猛然
战士们从阵地跃起
"冲呀！捉活的！
缴枪不杀人……"
大声地叫喊着
冲上敌人的阵地
一片杀声代替了枪声
响过草原
响过沙梁
震荡在少女的耳边

原载 1946 年 9 月 12 日延安《解放日报》

延安少年团团歌

塞克

我们好少年，

一切要向前，

锻炼身体，

努力学习，

大家都是革命英雄的好子弟。

今天能做模范的好少年，

明天神圣的革命事业

就要我们承担。

同志们，少年团员，

要忠诚、友爱、活泼、勇敢，

积极地工作，

愉快地生活，

要改造这世界，

全靠我们自个！

原载 1942 年 4 月 4 日延安《解放日报》

预　言

天　蓝

天阴雨，

我们携带雨具，

别犹疑，也别恐惧呀，

太阳还将出来，

阴雨，是暂时的。

太阳将永恒地照耀着世界——

这一句话写在经典上；

你翻开书本看看，

书上每一字句都说着这一个信念。

现代人有现代人的经典，

我们的经典已给我们预言呵，

我们的时代还不是不需要预言的时代。

我们神采奕奕地活在预言的太阳里，

预言里，映照着未来的太阳的光芒，

照明我们今天的道路，

炙热我们可能疲惫的躯体。

莫说这预言是我们祖父时代的预言，

这预言上说，我们将走近太阳，

并不是太阳走近我们。

人呵，这走向前的动物，

永不停留。

祸害将降临到

那少数后退或趑趄不前的人们。

一切的预言我们相信，

只要那预言上说我们是那预言中的主人。

做被动者是可笑的，

被动者时常翻着筋斗。

我爱着我们时代的经典呵，

我想见那建立在人类生活里程上的碑记，

——人类短短的可考知的里程呵！

翻过一切以前的经典，

那坟墓的碑记呵，

那经典的预言不是给活的人，

而是给人的死魂，

人的死魂呵，那不可相信的东西。

我们走向太阳呵，

多种地走，

有忧郁的人，

也有愉快的人，

有举足轻捷的少年，

也有扶杖蹁跹的老者；

足底下并不是没有死下的人，

有呵，有我们的朋友，

也有我们的亲人，

我们走他们身上跨过。
我们人呵，
踏着人们自己的尸首做桥梁，
走近太阳。

太阳付予热，付予希望，
热与希望付予活力。
我们是历史幸运的人呵，
太阳付予我们活力，
我们走近太阳而又将活的太阳的阳光下，
我们是人类历史桥梁尽头的人。
人类，
从古昔到如今，
由散漫的个人
走成了集体的队伍。
人们在队伍里获取更大的自由，
人们在队伍里更认识了自己的亲人朋友，
人们在队伍里生出来之前有着莫可抗拒的爱憎，
人们将在集体里活着呵，
活着如人自身千万颗细胞互相适应的机体。

人本非兽，
将脱离自戕的兽性；
人不以人为敌，
人将更爱着人。

在太阳照耀着的世界

在我们身旁的经典所预言的世界里，

世界将如此。

人呵，这足计多谋永远向上动的生物机体呵，

将占有一切自然，

又将自然制作他所理想的繁华；

不含着仇恨

尽所能制作繁华是我们最近将来的现实。

而今天我们看看自己，

尚穿着破蔽的血衣，

鞋袜都不全，

多穷相呀。

而天还阴暗，

将下雨；

而天还严寒，

将下雪；

而人们还要遭遇着更惨酷的不幸……

不要紧呵，牢记住我们的信念：

太阳会照明我们的前路

太阳将永恒地照耀世界

然后，我们会愉快地举足走，

也许走得更年少些。

队伍莫散乱呵，

携带着雨具，

走得更整齐些，更严肃些，

虽然在阴暗严寒惨酷的季节里，

莫忘记，翻开我们身旁的书本，读着：

"旧世界系统的动律及其必然的灭亡。"

我亦梦想见那生活里程的碑文：

那走向桥梁尽头的人们，

有人将做着桥梁，

也有人将走过桥梁，

但同样地将沐浴着第一线的阳光。

录自《预言》，希望社 1942 年 5 月桂林初版

给战斗者（节录）

田间

四

伟大的
祖国！
……

敌人
突破着
海岸和关卡，
从天津，
从上海。

敌人，
散布着
炸弹和毒瓦斯，
到田园，
到池沼。

敌人来了，
恶笑着，
走向

我们。

恶笑着，
扫射！
绞杀！

今天，
你将告诉我们
是战斗呢，还是屈服？
伟大的
祖国！

五

我们
必须
战争了，
昨天是愤怒的，
是惨呼的，
是挣扎的
四万万五千万呵！

斗争
或者死……

我们

必须

拔出敌人的刀刃，

从自己的

血管。

我们

人性的

呼吸，

不能停止；

血肉的

行列，

不能拆散；

复仇的

枪，

不能扭断；

因为

我们

不能屈辱地活着，

也不能屈辱地死去呀……

……

……

太阳被掩覆了，

疆土的
烽火，
在生长着。

堡垒被破坏了，
兄弟的
尸骸，
在堆积着。

亲爱的
人民，
我们要战斗，
更顽强，
更坚韧。

六

……
……

我们
往哪里去？

在世界上
没有大地，

没有海河，
没有意志，
匍匐地
活着
也是死呀！

今天呀，
让我们
死吧，
但必须付出我们
忠实的灵魂，
到保卫祖国的
神圣的
歌声中去……
亲爱的
人民！

亲爱的
人民！
抓出
木厂里
墙角里
泥沟里
我们的
武器，

挺起

我们

被火烤的，

被暴风雨淋的，

被鞭子抽打的胸脯，

斗争吧！

在斗争里，

胜利

或者死……

七

在诗篇上，

战士的坟场

会比奴隶的国家

要温暖，

要明亮。

1937 年 12 月 24 日

录自《田间短诗选》，人民文学出版社 1960 年 3 月版

假使我们不去打仗

田间

假使我们不去打仗，
敌人用刺刀
杀死了我们，
还要用手指着我们骨头说：
"看，
这是奴隶！"

1938 年作

录自《抗战诗抄》，新华书店 1950 年 1 月版

到延安去

王亚凡

卡车曳着黄色尘烟，
穿过原野穿过封锁线，
要把乌云抛在身后，
载着我们奔向延安。

延安是我们心目中的圣地，
犹如狂风暴雨里航行的巨舰；
桅尖的红灯照耀喧腾的海，
召唤着成千上万的青年。

驶进陕甘宁边区，
我爱上这五月的群山；
崂山的翠峰还高挂红日；
到延安城下已星月满天。

哪是我们要去的地方？
敌机把古城炸得稀烂！
但我忍不住心中狂喜——
遥见北门外灯火万点。

那灯火像天上的繁星，

沿着山岭向我眨眼；

谁说这儿没有伟大的建筑？

延河两岸的高楼何止万千！

万丈高楼平地起，

延安的高楼盖在人心间；

是谁用巨斧辟山开路，

在这儿扬播春天？

录自《王亚凡诗抄》,作家出版社 1962 年版

花 茶

王亚凡

野蔷薇花开的时候，
我去攀登绿了的山峰；
采集金色的花枝，
点缀洁白的窑洞。

一束馥郁的花，
带来满窑香风；
在读过的书页中，
花瓣儿记载着时光匆匆。

在那艰苦的年代，
生活也有新的欢欣；
生产回来喝一碗蔷薇花茶，
胜似葡萄美酒一杯。

一碗花茶有时带来乡愁，
故乡的茶花该已开满枝头；
那些打退抢茶敌人的英雄，
你俩跋涉在哪条山间小路？

一碗花茶有时也带来激情，

谈论起红军发动新的反攻；
我们把小红旗插过德涅伯河，[①]
仿佛自己也在向前冲锋。

今天我还念念不忘，
像又见到那清茶的花影；
当年同坐品茗的朋友，
你的心里是否也在沸腾？

录自《王亚凡诗抄》，作家出版社 1962 年版

---

① 这里是指随着苏军的反攻，在地图上移动着小红旗。

控 诉

——一个商人不幸的遭遇

闻捷

我满肚子的气咋价能消呢？
我满肚子的冤又向谁说去？
你看看我腿上这块青疤疤。
唉！不能提！真是不能提……

往年，人说咱这达是什么"红地"，
军队呀！碉堡呀！封锁的严密
咱贩货去，不知受了多少肮脏气
唉！过去的事啦！咱又何必多提

年时腊月，咱听说内战停止啦
说是要平掉乌龟壳恢复交通哩！
咱听见这话，喜得一夜都未睡成
心想这下美咧！贩货去许能容易

正月里，咱骑上驴儿到宜川去
买下二尺四的宽洋布十四匹
鬼知道呀！刚驮到城门口口上
丘八老爷连拖带拉扣住咱的驴

天！丢了命根根我咱能不急？

这达跑，那达跑，请客送礼
二十个法币买来了一个"嗯"
挂斜皮带的才答应咱驮进边区

驴儿送回来了，谢天谢地
我数了数，天！差了十二匹
我悄悄地问了句："咋少哩?"
一枪托打得我倒下爬不起……

白格生生的纸上签下黑洞洞字
他们口口声声说讲和是真心诚意
那为啥还封锁咱们边区呢？
叫我奇怪，叫我恨！

咱又吃了亏，咱心里更明白哩
骗一次，骗两次，不能骗到底
咱要求他们快撤销封锁恢复交通
要不，咱走遍天下到处去评评理

原载 1946 年 3 月 25 日延安《解放日报》

胜利到来了

——但我们决不能忘记

萧军

我们今天开始胜利了！要鼓舞，要欢腾，要撑起火把游行……

但是决不能忘记啊，

还有一只卑鄙、残忍而狡猾的狼，

等待在我们的身边：

它的馋涎四滴：

　　牙爪伸张，

要一口独吞下这胜利的"果实"！

我们今天胜利了——但是决不能忘记，

这果实是可不容易的啊！

它是用去了千千万中国人民的血肉灌溉和培栽；

更是那满洲的解放——

它是我们朋友中最伟大的朋友——苏联人民，

用了最真诚的手臂，

表现了最伟大的友情慷慨：

　　我们能拿它去喂狼吗？

喂狼的粮食只有用无情的梭镖和板斧——才是应该！

我们今天胜利了！——我作为那满洲三千万的人民之一，

却决不能忘记啊！

十五年前，

谁用了无耻的手，

签署了"不抵抗"的一纸"命令"，

把我们的父母和兄弟，

姊妹和亲戚，

轻轻地就送给了日本法西斯那狗种，

任意地去被：

　　杀戮、奴役和奸污——

我们怎能够忘记呢？

这豺狼，——就是签署这命令的，

直到今天还在用那"骗子的谎言"，

将我们欺骗，

难为他竟能像一个妓女似的说：

　　"东北的'同胞啊'，

　　你们是我唯一的'心肝'！"

我们怎能忘记呢——在这一连串的年代——

你们那"宣言"：

　　爱国是"犯罪"，

　　抗日即"汉奸"！

成千万不愿做奴隶的青年，

你们把他杀戮了！

成千万具有圣洁灵魂的青年，

你们把它"卑污"化了！

成千万不愿做亡国奴的公民们，

你们把他们囚禁了，

成千万的工农大众，

你们把他们饿死、冻死、鞭挞死……

把他的家族任意摧残！

成千万爱正义和真理以知识为武器的战士们，

你们甚至剥夺了他们最低限度的生存权利：

　　扼断他们的咽喉；

　　割去他们的舌……

直到现在——

你们那万恶的牢狱里，

不还是正在关锁着数不清的：

为农民、为国家、为正义和真理而战的斗士吗？

你们用铁锁和阴暗：

　　一月复一月，

　　一年复一年，

向衰弱和死亡的路上，

将他们鞭赶！

今天胜利了！——但是我们决不能忘记；

中国共产党——这伟大的中华民族，最伟大的子孙！

只有他们二十年如一日，

领导着广大的中国人民，

为了这五千年的奴隶古国翻身而战斗，

它——中国共产党——爬过了冻死人的凛凛的雪山！

滚过了饿死人的茫茫草原！

浮过了吞吃人的滚滚的长江和大河！

用去了最英勇的战士尸首和鲜血，

为后来者留下了指标和路线，

它追求啊！追求……

追求的是中国人民的独立和自由、幸福和光明……

而你们呢？——你们这些无耻的狼！

却一次又一次……一次又一次……

要把这伟大的火炬摧毁和熄灭，

却要用牢狱和镣铐，

卑污和黑暗，

永远千年统治着、奴役着，中国的人民，

这就是你们那可怜的"最伟大最崇高的"意愿！

——"人"和"狼"的区分就在这里啊！

崇高与卑鄙的区分也就在这里啊！

为人民所爱，为人民所憎和所恨……

也就在这里啊！

我们今天胜利了！……

但是决不能忘记，

赢得来的胜利是艰难；

而保有这胜利的果实——不为豺狼所吞食，

更需要无限的坚决和勇敢！

同志们，全中国的人民们，我向你们说：

——这胜利的果实，是我们的啊，只有我们才是它的真正主人

……绝不是狼的所有！

从战场上还不要缩回我们战斗的臂膀罢！

　　如同对待一只害人的狼，

强抢的强盗,

穿墙的小贼……那样,

保护我们的所有罢!

谁敢进犯,

谁敢强抢,

谁敢偷窃……

就杀死他——像一头癫皮狗似的杀它……

消灭它——像消灭一片苍蝇似的消灭它……

用我们那"枪的语言"!

1945 年 8 月 13 日

原载 1945 年 8 月 17 日延安《解放日报》

延安狂欢夜

萧三

已经吹过熄灯号了。

人们大半都已就寝。

我还守着一盏残灯。

山沟里死一般地寂静。

忽然山上山下

人声异常嘈杂。

又听锣鼓喧天。

有人甚至敲着铜盆，

有的用力吹着喇叭。

整个延安起了骚动。

男女老少拥出窑洞。

延河两岸山冈，

野火漫天通红。 （扫帚、草褥都拿来烧了！）

人似潮水流向街头。

旗帜招展在星空。

人们舞火炬，扭秧歌，喊口号。

人们只是叫，只是跳，只是笑。

卖瓜果的争着送给人们吃，

你给他钱——无论如何不要。

呼喊中间一声特别响亮：

"日本要求无条件投降！"

人们觉得自己的血在沸腾。

人们忘却了整天工作的疲困。

人们想起八年来的痛苦，牺牲，

才换得今天的狂欢，兴奋。

回想八年长期艰苦抗战，

为何反攻阶段能这样短？

——这就因有苏联参战，

就因举起了这只铁拳！

这只铁拳刚一挥动，

日本立即低头——

做九十度的鞠躬……

你想，这只铁拳多硬呵！

这只铁拳多重呵！

于是人们从心底深处高呼：

苏联红军万岁！

斯大林同志万岁！

人们又从心底深处喊出：

八路军新四军万岁！

中国共产党万岁！

毛泽东同志万岁！

延安今夜谁还愿意睡觉？

宝塔山、清凉山都笑了。

快乐的歌声唱遍了通宵。

朴素的鼓音也不显得单调了。

今天全中国的每个角落都歌唱了，

都笑了。

全地球的山河木石都歌唱了，都笑了……

我从人海中浮出，回到窑洞，

对着拧得亮些的一盏青灯：

但愿这快乐的歌声长响，

这天真的笑容永远保存。

从地面上铲除一切反动分子！

制止一切侵略的战争！

同志们，再接再厉地努力！

前面还有一段艰苦的路程。

彻底烧毁一切"战争威胁的温床"，

人类才能大踏步地前进，

走向幸福，进步，文明，

走向自由，民主，和平！

1945 年 8 月 10 日子夜后于文化沟

原载 1945 年 8 月 15 日延安《解放日报》

抗战剧团团歌①

萧三

我们，我们小小年纪，
都是工农子弟，
为了抗战建国，
离开父母乡里。
我们有的经过长征，
走过雪山草地。
莫看我们小小年纪，
却走过二万五千多里。
不怕千辛万苦，
只为人民利益。
多年优良的传统
我们永不抛弃！
我们的父兄拿着枪打日本鬼子去了，
有的牺牲了性命，
有的还在勇敢杀敌。

我们小小年纪，
有我们自己的武器，
我们唱歌跳舞，

---

① 这歌由冼星海同志作曲。

我们上台演戏。

老百姓看了心里欢喜，

有钱的出钱，有力出力。

大家坚持抗战到底！

定能恢复一切失地。

争取，争取最后的胜利，

争取最后的胜利！

我们，我们小小年纪，

都是工农子弟。

不怕千辛万苦，

只为人民利益。

多年优良的传统

我们永不抛弃！

把日本鬼赶出中国去！

把日本鬼赶出中国去！

努力，努力！

解放我中华民族呵，努力！

努力！努力！努力！

1939年，延安。

录自《萧三诗选》，人民文学出版社1960年4月版

送毛主席飞重庆

萧三

毛主席坐车一进飞机场，
千百个人立即大鼓掌。
千百双眼睛从此都不转睛，
一直送他到飞机上。

敬爱的毛主席！
至亲的毛主席！
戴一顶盔形帽，
穿一身蓝布衣，
他踏上了飞机。

毛主席站在飞机的门口，
慈祥地望着众人一挥手。
众人鼓掌然后手齐挥，
场中顿时长出千株柳。

手的森林边起了一阵雄风，
毛主席飞上了天空。
地面上千万颗人的心
都禁不住怦怦地跳动
都跟着他到了云中。

是的，不论毛主席是在云端，
或者是落在什么地面，
千万颗心，万万颗心——
都时常萦绕在他身边！

而毛主席的大的心
时刻处处关怀着人民。
他这一次飞去重庆，
就是举着人民的大旗前进。

大旗上两个字最分明：
和平！
还有四个字很真切：
民主！
团结！

让这面大旗飘扬在全中国！
让这面大旗飘扬在全世界！

人民反对内战，
反对独裁！
反对分裂！
和平、民主、团结、
三者不能缺一——

这就是人民付托给毛主席的旌节！

人民感谢他救民于水火的精诚。
人民信任他的大智、大勇、大仁。
人民衷心地祝福他健康！
人民用自己的力量维护他的安全！

毛主席飞去了，
脸上充满着慈爱，
他一贯忧国忧民的心，
今天更加显露了出来。

毛主席！你暂时离开延安，
人民像暂时失去慈父的抚爱。……
但祝你此行一路平安！
但盼你早日胜利归来！

我们很快就要看见你，
我们敬爱的毛主席！
至亲的毛主席！
戴一顶盔式帽子，
穿一身蓝布衣，
笑盈盈地走下飞机！……

1945 年 8 月 28 日自飞机场归来

原载 1945 年 9 月 2 日延安《解放日报》

夜

严辰

夜
跋涉了一天
又从漠野的边境跨进来了。

它蹑手蹑脚地走来
把我强搂入它的怀里，
它的胸脯是污黑的
污黑而又冰一样寒冷，
它搂得我那么紧
以至我的呼吸都感到急迫。

虽然我关在低矮的土房里
我的眼睛却始终睁大的，
向着北方的夜空
我在寻觅那颗蓝亮的星星，
而穿过不谐和的夜风
我的耳朵也正谛听着
马群在平原上嚼草的声音
和它们盼望天亮的呼啸呢！

在窗外的草地里，

不安地踢着蹄子的

是我的五月花似的枣骝马，

我知道

不惯于夜的沉压

她急想载负着我

向旷莽的草原的黎明飞驰……

1941 年冬日

原载 1942 年 8 月 4 日延安《解放日报》，署名厂民

倾倒苦水的大会

严文井

把长凳子都搭出来，
让后面的女人有个地方站
叫小孩们不要啼哭
卖烟卷儿的不要叫喊
现在控诉那抓劳工逼死七条命的伪区长
控诉那把儿子改名叫化中归日郎的大汉奸
乡亲们，只管往下讲
一肚子苦水尽管往外倒
这毒汁再不去掉，就会受不了
台上有县长做主
不怕那家伙向谁瞪眼
三天说不完，还有第四天
不要惊讶这些质朴的人们
突然学会了不绝的雄辩
丰富大伙语言的是长期的痛苦与灾难。

1946 年 7 月 10 日

原载 1946 年 7 月 10 日延安《解放日报》

送别两章

严辰

一　给 D

1

雨——

稀稀蒙蒙地下着，

你走了。

雨不能阻挡你的热情，

雨不能阻挡你的道路。

雨水从草帽边檐滴落，

草鞋上沾满了泥泞，

你没有踌躇，走得那样快，

你背上的包袱很轻，

卸掉了思想上的"包袱"，

你的身子也很轻，很轻。

2

河水滔滔——

那是充满了活力的河，

那是不知道疲倦的河。

河水唱着琅琅的歌，

在一路送你，

壮你的行色。

多少沉思在河边，

多少记忆在河边，

都不足以教你留恋。

而你，

还要渡过黄河，

渡过波涛翻腾的长江，

去到河港纵横的南方呵。

3

你走了，

带不去的

是你辛勤开垦的土地，

你亲手制造的纺车，

你的许多有意义的时日。

而带去的，

将是河启示你的活力，

山一般的坚贞，

你的战斗的意志，

以及效忠人民的精神。

河道弯过去，
高粱的密林遮断了你的身影，
在细雨的天空里，
正有一只雄鹰在向东奋飞……

二　给 T

来自东北，
你回到东北！
离别时，
你含着满眶热泪，
止不住悲凉的叹息；
回去时，
你唱起了雄壮的凯歌。
故乡解放了，这是用
十四年的哀痛，
十四年的希望，
十四年的不屈斗争换来的。
（而且，别忘记，
那是三千万人的漫长的十四年！）

也许故乡已不是你所熟悉，
正因为这，

你却爱她更深更强烈。
你是贫农的儿子，
曾让锄柄磨破手掌，
开拓过顽强的土地。

今天
你要千百倍地努力，
去开拓——
那被毒害而荒芜的土地，
那意识和灵魂的土地。

满地的蔓草和荆棘，
你要刈除它，犁翻它，
让自由幸福的种子，
在故乡的土地上
发芽、滋长、开花……

1945 年 9 月，延安

原载 1945 年 9 月 26 日延安《解放日报》

故乡，我又离别了你!

走下了陡峻的山坡，
跨过了弯曲的黄河，
故乡，我又离别了你!

我不唱临别的悲歌，
也不叹岁月的蹉跎。
我要把你的消息带过黄河，
告诉河西的父老姊妹：
是谁使我们这样奔波？
是谁破坏了我们的平安生活？
还有那——
决死队怎样活跃在汾水原野，
游击队怎样保卫了太行山脉。
中国人已经站立起来了，
美丽的山河决不能叫强盗们任意宰割。

走下了陡峻的山坡，
跨过了弯曲的黄河，
故乡，我又离别了你!

原载《西线》1939 年 4 月第 4 期

殉难在中国的土地上

——纪念一个援华作战的苏联飞行员

张沛

在南中国的雾层里，
一个俄罗斯的飞行员失事了。
年轻的飞行员，
躺在荒芜的草地上，
鲜血染红了
他那黄色的航空装。

一小时前，
飞机撞在雾中的山尖，
他镇定地驾驶着燃烧的机身，
一直降落到地面。

他摔断了腿
而且火烧焦了
他的脊背。
但他没有受伤者
的呻吟。
他安静地
同两个机械士
谈着
怎样抢救那只战斗机。

他倔强地撑起身子，
凝望着高空，
他想到在他以前，
已有成千的伙伴们，
殉难在
中国的土地上。

他望着浓雾散后的太阳，
没有忘记他自己
也是布尔什维克的
青年航空员。
他金黄色的眸子，
飘荡着
友爱的光辉
和对残暴者的骄傲。
他颤抖的手
指着航线图，
说了第二遍：
"告诉我们的党，
告诉斯大林同志，
我已经完成了
我的使命……"

脉搏的跳动

渐渐衰弱下去，

同伴们

用一幅大红布，

盖上他残缺的身躯，

并排着向他举起右手；

他带着微笑，

闭上了自己的眼睛，

人们唱着挽歌，

那是大风暴中

庄严的歌音，

那歌音

飞过了西伯利亚，

飞过了乌拉尔和顿河草原，

在列宁的国土上，

回答了

一万万七千万人的期望。

1940 年春，延安

录自《延安诗人》，陕西人民教育出版社 1992 年 8 月版

带露珠的心情

赵自评

在山坡上，
天明的号声，
像不很急的流水，
从带露珠的绿草里，
快活地流着。

满心的高兴，
却不愿意笑出来，
仿佛咬住红唇的少女，
那湛蓝色的，
没有一点尘土，
没有一丝云彩，
像新做成的，
第一次挂起来的天空。

那太阳像红了脸，
怪不好意思的，
从山后慢慢地露出来
我呼吸着，
不，我狂饮着，
那像崂山汽水一样的空气，

我望着蓝天和太阳，
在油绿的树叶缝里。

我的生命，从来
没有这样舒展啊！

信仰是和快乐结合着的，
我要用马列主义的圣水，
洗去我那
思想上感情上的污泥。

真理是纯真的，
我要做个纯真的人，
纯真就更勇敢，
纯真就更快乐。

我也曾寂寞愁苦过，
像一棵黄病的花草，
生长在不见太阳的石头后边，
那是从前的事了，
永不会回来了，
像把一滴鼻涕，
从轮船上，
丢进无边的海洋。

我抱紧信仰，

我热爱生活，

当我的肺还鼓动着的每一秒钟。

我并不是闭着眼的人，

我看清楚了黑暗，

而且知道需要残酷的斗争。

可是我更看清楚了光明，

就是我那生命的鲜血，

在斗争里洒了，

我相信那鲜血会开花，

在我们的大路上。

生活在延安的人，

都该快活啊。

歌声来了，

在洋槐花的香味里，

那充满着生命力的青春的歌声啊！

我不知不觉地唱起来了，

在早晨的院子里。

像含苞带露珠的花朵，

我那年轻的同志们，

一个一个的，

在我们的艺术学院里，

吸收着新鲜的空气。
吸收着马列主义的营养，
吸收着阳光，
在起劲地生长。

我轻轻地走过，
像猫走过沙滩，
我的好同志们，
我怕打扰你们啊！
你们的感觉真灵敏，
你们从书本上全抬起头来，
我们交换着友爱的眼光，
"早安！"
你们吸进了一口槐花香的空气，
又低下头去看书，
我轻轻地走开了。……
我站住了，
在热情的歌声里，
我是爱听唱歌的，
而那唱在早晨的歌，
我更爱听啊！
我欢喜地偷听着，
我怕叫练唱歌的同志脸红，
我用脚打着拍子，
我幻想着美好的东西。……

是响亮的铜钟惊醒了我吗？

那蓝的天，

金黄的太阳，

盖着我的艺术学院，

那洋槐花的香味

一阵一阵地笑着走进我的鼻子。

在琴声里的

"斯大林之歌"的歌声，

震着早晨的空气，

我想着我那海洋一样的幻想，

我笑起来了！……

1941 年夏于延安鲁迅艺术文学院

原载《草叶》1941 年 11 月第 1 期

敌人的飞机任意地在我故乡的天空里飞

钟静

一

敌人的飞机任意地在我故乡的天空里飞，在春天；
派遣军的什么参谋总长，坂垣
从南京到青岛，到济南，
从北平沿着平汉线，我的老家呀！从石家庄到太原。

敌人的飞机任意地飞，在春天；
望着那黄的菜花，碧绿的麦田；
乌鸦在风里挺着翅膀滑翔；
牛拖着犁，小孩子赤脚奔跑；
滚在泥里的猪，退毛的狗，配对的公鸡和母鸡；
望着清清的河水灌溉着一畦一畦的稻田，
望着白静的海岸，沙吸着潮水，鱼跳着；
望着高大的白杨林；
望着被公路捆绑着的村庄；
望着前庭开满丁香花的老家；
望着我的父亲和哥哥。
正牛马一样的替他们耕种。

二

敌人的飞机在我的故乡里任意地飞，
我的故乡还依然有它的春天；
半尺高的麦苗，菜花，白杨树；
牛拖着犁，小孩子赤脚奔跑；

人们在播种，老人挥着耙，年轻的女人们撒种；
子弟兵在庄子外，卧倒，匍匐前进；
政府工作人员在讲话；
军区司令在马上，回答着人们的敬礼；
人们在动，我的父亲和哥哥。

风在平原上奔走，太阳在天上；
河流叫喊着，大地蒸发着白汽；
泥土放散着腐味，空气浓得像水；
饱饮吧，人们！
如春天的黄蜂，燕子，动起来吧，人们！
动起来吧！因为在这样明媚的春天，
敌人的飞机正任意地在我们的天空里飞。

原载 1941 年 11 月 11 日延安《解放日报》

一个早晨的歌者的希望

周立波

我要大声地反复我的歌，

因为我相信我的歌是歌唱美丽，

像阳光相信它的温暖，

像提琴相信它的调好的琴弦，

像青春相信它的纯真的梦境，

像那朵飘走的云，相信它的自由轻快的飞奔。

在早晨，我站在黄土山冈的山腰上，

金黄色的太阳光，正抹着山顶，

酸枣刺上的露珠还滴着。

我望着青色的麦野、清亮的延河、矮小的泥屋和起伏的山陵，

和走着的人们。

我希望早风，

把我的歌带走，

跨过麦野、河流和山陵，

吹进那些泥屋，

吹给那些人们，

也带给远方和远方的人们，

让他们相信，让大家相信，

生活里有很多很美的东西，

像白天有着很好的清早，

像春天有着很好的青草。

我要强烈地反复我的歌，

因为我相信我的歌是歌唱真诚的，

共产主义：真诚，

毛泽东：真诚，

那些在毒瓦斯和枪炮弹下冲锋的人们，

那些在黄土荒山的山顶挥着锄头的人们，

那些用一双赤脚板走过雪山和草地的人们，

那些在饥饿的寒冷的牢监里足足被关了十年的人们：

真诚，

凡是真诚的，都应该被歌唱。

而我的歌还有这样的使命：

叫真诚统治着人境。

在春天，在刮着风沙的陕北的坏天气里，

我想起了南方。

我们的没有风沙的没有灰土的绿色的南方，

我想起了樟树、鳜鱼、竹鸡和春笋，

我想起了阳雀子、狗尾巴草和五月的稻花的香气，

我想起了好像粘着在禾场上、谷仓里、山茶下和藕塘边的童年的种种记忆，

但是，我也想起了辗转在黑暗里的衰病的母亲想念儿子的流了皱纹的眼泪。

比什么时候都要更多的，我不喜欢眼泪，

渴望着刚强。

为使普天下的光明早一点来到，

为使故乡的残夜快一点过完，

我把我的歌，

也献给刚强，

也献给反叛，

记着呵，请牢牢地记着，

是无比的刚强，

是粗蛮的反叛！

我的歌，给予不幸者，

也命定了给予幸福的人们。

向着那些被压榨、被欺侮的人们，

我所能够给予的，不是婆婆妈妈的安慰，

不是好好先生的温情；

我要清楚而响亮地、快乐而坚强地对他们喊叫：

反叛，斗争！

不只是"在忧愁里吃过他的面包的人"，

不只是"在寂寞的半夜三更里，坐在他的床上流过眼泪的人"，

懂得我的歌的。

懂得我的歌的，我希望，我也相信：

也是那些幸福的男女，

那些从来不知道忧愁，也不嚷着寂寞的新的人，

那些有着美满的生活，美好的心思，美丽的白天和晚上，懂得战斗而又懂

得温良的新的人。

要是有一天我死了，

——我喜欢生活，

但是我想着，

长生不老是孙悟空所追求的太好笑、太陈旧的神话。

而我们是既喜欢生活，也不怕死亡。

在生活里，我们没有栽种容易凋残的玫瑰，

在死亡上，我们没有廉价的软弱的悲伤。

而且悲伤，正像一句英国幽默所说的

实在是有一点点干燥。

我要小声地告诉你，朋友，我有一个坏脾气，

我不爱干燥——

要是有一天我死了，

我希望我的朋友们，

不用眼泪，却用他们所献身的事业的任何一个纵令是最小的胜利做花环。

不用石头，不用铁，不用水门汀，

却把我自己拟好的墓志，

刻镂在清风：

"死者是一个普普通通的男子，

一个洞庭湖边的乡野的居民，

在生前，

他唱过歌，

他晒过太阳，

他碰到过几次危险，

在娘子关前，在九华山下，

他爱过人，他也和人打过架，

在这盈满了忧郁的酸辛的泪水，

也迸发着庄严的战斗的火花的时代里，

留在人间的他的记忆会很快地消亡，

正和他的歌会很快地消亡一样。

但是，他所歌唱的刚强和反叛，

会更加壮旺，

他所歌唱的美丽和真诚，

会永远生存。"

1941 年 10 月 28 日

原载 1941 年 10 月 28 日延安《解放日报》

延河曲

朱子奇

     水声由远而近：哗啦哗啦……
黄的水，青的山，
延河两岸是革命者的家。
延水穿过了多少山，
延水转过了多少弯。
     呀嗬咦嗬咳！
泥沙落在后面了呵，
滔滔河水永向前，永向前。

黄的水，青的山，
延河两岸是永恒的春天。
河边生青草，
草上开红花。
     呀嗬咦嗬咳！
我们歌唱生活和理想呵，
我们成长在延河边，延河边。

黄的水，青的山，
延河两岸是光明的乐园。
太阳从这里升起，
阳光普照着四方。

呀嗬咦嗬咳!

为了胜利的今天和明天呵,

我们献出生命和力量,和力量。

黄的水,青的山,

延河两岸是革命的摇篮。

延水洗涮污泥,

战士锻炼成钢。

呀嗬咦嗬咳!

我们永远热爱你、属于你呵,

我们生命的母亲——延安,延安!

黄的水,青的山,

延河两岸是真理的源泉。

延水奔向那大海,

大海大洋紧相联。

呀嗬咦嗬咳!

理想之花开遍天涯呵,

五洲四海赞颂延安,颂延安。

水声由近而远:哗啦哗啦……

1938 至 1939 年间作

原载《诗刊》1978 年第 7 期

卢桢（1980 —）

天津人。南开大学文学院副教授,中国现当代文学教研室主任。主要研究方向为中国新诗。曾于香港浸会大学、荷兰莱顿大学、伦敦大学亚非学院访学。

在《文艺研究》《中国现代文学研究丛刊》《文艺争鸣》《南方文坛》《当代作家评论》等五十余种海内外刊物上发表学术论文百余篇。

曾获天津市"文艺新星"等多种奖励,入选天津市宣传文化"五个一批"人才。

出版专著有《现代中国诗歌的城市抒写》《大陆当代新诗的文化阐释》《新诗现代性透视》等。

北岳好书房

延安诗钞

| 选题策划 | 续小强 | 责任编辑 | 刘卫红 李向丽 | 复　　审 | 续小强 |
| 终　　审 | 古卫红 | 装帧设计 | 张永文 | 印装监制 | 巩　璠 |

投稿邮箱｜bywycbs@126.com　　　　　微信公众号｜bywycbs1984

微　　博｜http://weibo.com/liuwenfei0223